I am a wolf,Are you all right?
狼だけどいいですか？

狼《おおかみ》だけどいいですか？

葵居《あおい》ゆゆ

ILLUSTRATION：青井《あおい》 秋《あき》

狼だけどいいですか？

LYNX ROMANCE

CONTENTS

狼だけど
いいですか？

小さい、というのがアルフレッド・ミグネイルの最初の、この国に対する感想だった。ヨーロッパでも古い建物は狭くて小さいと思ったものだが、ここ日本はまず天井が低い。電車もこぢんまりしてつり革は頭にぶつかりそうだし、そうして、電車の中にいる人間たちも、アルフレッドに比べると小さい。

ちらちらと物珍しそうな視線が注がれるのを無視して、アルフレッドは手にした鞄《かばん》を握り直した。中身はほとんど入っていないから、微《かす》かにネックレスの揺れる音が聞こえる。

（……これを渡したらさっさと別の国に行こう）

実際は、せっかく行くのだから、しばらくは日本で暮らすのもいいか、と思っていた。面倒で気乗りしない「用事」を請《う》け負ったのは、そろそろアメリカにも飽きていたからだ。日本はなにより祖国から遠いところがいい。ひっそり暮らすにはいいかもしれないと思っていたのだが――どうやら自分は目立ちすぎるようだ、とアルフレッドはため息をついた。

やや長い髪の色は黒く、それだけ見れば日本人とさほど変わらないのだが、百九十を超える長身と無駄のない身体《からだ》つき、碧《あお》く鋭い目は、のどかな昼の電車の中で完全に浮いていた。車内にはそれなりに人がいるのに、どことなく剣呑《けんのん》な雰囲気を感じるのか、アルフレッドのまわりは微妙に空いているくらいだ。

揃いの制服を着た女学生が「ぜったいモデルだよ」「でもそしたら電車とか乗らないし！　外人さ

んだし！」とひそひそ話すのが聞こえて、ああ鬱陶《うっとう》しい、と眉をひそめたとき、聞き取りづらいアナウンスが、やっと目的の駅の名前を告げた。

あ、降りるみたい、降りるんだ、住宅街じゃん、実家とか？　いや恋人っしょこの場合――しつこく聞こえる女の子たちの声を振り切るようにアルフレッドは大股でホームに下り、慣れない手つきで改札を通り抜けると、自然とため息が漏《も》れた。

さんさんと陽《ひ》の降り注ぐ外は、黒ずくめの服のアルフレッドにはやや暑い。改札の外に広がるちょっとした広場の真ん中には大きな木があって、アルフレッドはポケットからハガキを取り出しながら木陰に移動した。

歩くアルフレッドに、ベビーカーを押して通りかかったお母さんが目を丸くしている。見た目は普通に人間だろうが、と心の中だけで皮肉を言って、アルフレッドは古いハガキに視線を落とした。

英語で書かれたそのハガキは、表には愛する夫へ「こちらは元気だから心配しないで」と告げる短い文章が書かれ、裏には日本の住所が記載されている。宛名はミスター・ジョージ・ノースウッド。差出人はアマンダとだけ書かれていた。

アルフレッドは彼女を訪ねるために、わざわざ日本までやってきたのだった。

ジョージが死んだ、と告げたら彼女はどんな顔をするのだろう、とアルフレッドは思う。ジョージはずっとあんたのことを愛していたらしい。毎日毎日飽きもせずあんたの話をして、しまいには俺にこのネックレスを託《たく》すくらいには、あんたのことばかり考えて死んでいったよ。もう一度受け取ってほしいんだってさ。思い出のネックレスだって預かってきたから、もしいらなくても受け取ってくれないか。

――そんなふうに、言えばいいだろうか。

(……まあ、拒否されたら売ればいいか)

やっぱりこんな面倒なことを引き受けるんじゃなかった、と思いながらアルフレッドはハガキをしまおうとして、「きゃんっ」という鳴き声に顔をしかめた。

見れば、リードをつけているものの飼い主の見当たらないちんまりしたトイプードルが、はふはふと舌を出しながら寄ってきていた。明らかにまだ子犬で、犬、とりわけ子犬が嫌いなアルフレッドは追い払おうと片足を上げた。

ちぎれんばかりに短い尻尾《しっぽ》を振っているトイプードルは、なぜかますます嬉しそうにきゃんきゃん鳴いて、アルフレッドの脚に飛びついてくる。

「……っこの、礼儀知らず! 飼い主はどこだよ馬鹿犬め」

「きゃん! きゃん!」

罵《ののし》っても、子犬は『大きい! わああい!』とはしゃいで跳ねている。しっしっ、と蹴飛ばす素振《そぶ》りをされてもまったく意に介さず、あげくに。

「うわっ！　なにすんだよ！」

興奮しすぎたらしい子犬はちょろちょろとお漏らしをした。もろに、アルフレッドの靴の上で。

「このアホ！　ガキだからって許されると思うなよ！」

「わあ、トントン！　すごいじゃないか！」

しゃがんで犬の首を摑もうとしたとたん、ひどく嬉しげな声が聞こえて、アルフレッドは不機嫌に顔を上げた。ボストンテリアを連れた若い男――高校生くらいにしか見えない能天気そうな顔の青年が、喜びに顔を輝かせて駆け寄ってくる。

「トントン！　よかったねえ、この人のこと好き？　うーんいい子！　でも勝手に走っていっちゃ駄目だからね、でもいい子！」

「――ちっともいい子じゃないぞ」

いきなり飛びついてお漏らしをすることのどこが「いい子」なんだ、とアルフレッドは青年と犬に冷ややかな目を向けながら立ち上がった。元気よく跳ねる子犬を抱き上げた彼は、にこやかにアルフレッドを見上げる。

「あ、急に犬が寄ってきてびっくりさせてしまいましたよね。すみません、ヒメのうんちを始末してたら気がついたら離れちゃってて」

やわらかそうな茶色の髪が揺れ、同じ色をした瞳はきらきらと光っている。子犬を撫でる手つきは愛《いと》しげで、子犬も嬉しそうだった。

「トントン、よその人が、とくに男の人は苦手なんですよ。散歩してても、近くを通るだけで怯《おび》えちゃって……なのにあなたのことはすごく好きみたいです。よかったら撫でてくれませんか」

「……撫でない」

犬も馬鹿なら飼い主もおめでたいな、と思ってアルフレッドは足下を指差した。

「うれションする犬は撫でないことにしてる」

「え？　わ、ほんとだ、すみません！」

示されてやっと気づいたのか、若い男はアルフレッドの足下を見て慌《あわ》ててしゃがんだ。

「どうしよう、ズボンの裾も濡れちゃいましたね。えっとあの、よかったらうちで洗濯《せんたく》しますし、洗濯が終わるまでお茶くらいなら出せると思うので、お詫《わ》びさせていただけませんか⁉」

「……」

なんでそうなる、と目眩《めまい》を覚えてアルフレッドは黙り込んだ。高校生だったとしても、世間というものくらいはわかっているはずだ。それとも日本はものすごく平和で、初対面の男を自宅に招くのは普通のことだったりするのだろうか。

「あっ……もしかして、日本語わかりませんか？」

黙っている間に顔を上げた男は、アルフレッドの顔を見て不安そうに表情を曇らせた。

「えっと、れっつはぶあ、ぶれいく？」

「………………日本語はわかる。今会話してただろう」

これはアホなだけだろうな、と思いながらアルフレッドは長いため息をついた。

「お茶も洗濯もいらない。そのかわり教えてほしいことがある」

「あ、はい。俺にわかることなら」

「この住所のところに行きたい。この近くのはずなんだが」

アルフレッドの差し出したハガキを、彼は犬を抱き直しながら覗《のぞ》き込んだ。トイプードルは相変わらずアルフレッドが気になるようで、腕から身を乗り出すようにしてアルフレッドを見上げ、くんくん、と鼻を鳴らしている。満面の、嬉しくて仕方ない、と言いたげな表情を一瞥《いちべつ》し、ついでに足下におすわりしたボストンテリアを見ると、こちらは明らかにアルフレッドを警戒する目つきでじっとしていた。

「あ、三丁目ならうちのすぐ近くですよ！　このおうちを訪ねる予定なんですね」

「知ってるならよかった。案内してくれ」

「ほんとに近くだから、よかったらうちにも寄ってってください。せめてちょっとつまみ洗いだけでも……つまみ洗いってわかります？」

「想像はつく。いらない」

素っ気なくアルフレッドが言うと、青年はひどくがっかりしたようだった。

「――そうですよね」

寂しそうに笑って、抱いていた子犬を下ろす。即座にアルフレッドに駆け寄ろうとするのをリードでとめて、「歩いて十分くらいです。こっちです」と歩きはじめる彼の後ろに、アルフレッドは従った。

「本当にごめんなさい。俺がちゃんとリードを結んでおけばよかったんですけど……まだいっぺんに散歩するのに慣れなくて。でも今まではこんなことなかったんですよ、いつもみんなおりこうにしてくれるから。トントンはよっぽどあなたのことが気に入ったんだと思います。ほら、今も気にしてるし、あぁほら駄目だってば、まっすぐ歩いてよトントン」

アルフレッドが黙っていても、彼はよく喋《しゃべ》る。

「さっきのハガキ英語でしたよね。近所に外国の人が住んでるなんて知りませんでした。俺は最近引っ越してきたばっかりだからまだ会ってないのかも。お友達ですか？」

「――べつに」

「あ、聞いちゃ駄目でした？」

低いアルフレッドの声にちいさく首を竦《すく》めて、そろそろと振り返る仕草がどことなく子犬に似ている。アルフレッドが答えるのも面倒で黙っていると、彼は気を取り直したように微笑《ほほえ》む。

「俺、町奈々斗《まちななと》っていうんです。お名前聞いてもいいですか？」

「――アルフレッド」

「やっぱり外国の方ですよね。日本語すごく上手ですね。ずっと日本に住んでるんですか？」

「いや」

「じゃあ、日本には旅行？　それともお仕事ですか？　そのアマンダさんっていう人もお仕事関係の人だったりとか……あ、じゃあ待ち合わせの時間とかあったんですよね、間にあいます？　急いだほうがいいですか？」

「……待ち合わせしているわけじゃないから、急がなくてもいい」

本当によく喋る、と思いつつため息混じりに返すと、奈々斗と名乗った彼は困ったように口をつぐんだ。自分がうるさいってことに気づいてくれたならよかった、とアルフレッドは思ったが、奈々斗はまたおずおずと口をひらいた。

「あの」

まだ喋るのか、と見下ろしたアルフレッドの視線が怖かったのだろう。奈々斗はいったん俯《うつむ》いて、けれど意を決したように顔を上げた。

「やっぱりうちに寄ってください！　どなたか訪ねるのに汚れてたら申し訳ないし、応急処置だけでも。クリーニング代も払うので、……ご迷惑おかけしたのに、なんにもしないっていうのは……」

勢いをつけて喋りはじめたのに最後にはちいさな声になる奈々斗に、アルフレッドは内心呆《あき》れた。

被害を受けたこっちがいらないと言っているのにしつこいのは馬鹿正直だからだろうか。これで奈々斗がもう少しすれた感じなら詐欺師《さぎし》かと思うところだが、見るからにぽやんとした風情《ふぜい》の高校生だから、本当にお詫びがしたいだけなのだろう。

「気にしないでくれ。子犬のしたことだ」

心にもないことを言ってアルフレッドはおざなりに笑ってみせた。奈々斗は予想していたようで「ごめんなさい」と寂しそうに肩を落とした。

変なやつ、と思う間にアルフレッドたちは閑静《かんせい》な住宅街に入り、アメリカなら車が通れないような狭い道路に面した古いアパートの前にさしかかる。壁はあちこちはがれかけているし、二階へ上る階段の手すりは完全に錆《さ》びていて、触ったらぼろぼろと崩れそうな建物だった。

「ここが、俺の住んでるところです」

奈々斗がそのぼろアパートを指差した。「ちょっとだけ待っていていただけますか、犬を置いてきます」

「……わかった」

目的のアマンダの家まであとは一人で行く、と言ってもよかったが、日本語を読むのはおぼつかない。仕方なく通りで待っていると、ほどなくして奈々斗が走り出てきた。

「お待たせしました、こっちです。あと、これ」

差し出されたのは茶色い封筒で、中を覗くと千円札が二枚入っている。眉をひそめるアルフレッドに、奈々斗は恥ずかしげに笑った。

「クリーニング代です」

「――どうも」

いらない、と突き返してもよかったが、これでまたもめて時間がかかるのも面倒だった。そろそろこのよく喋る子供とおさらばしたい。

子犬も人間の子供も同じくらい嫌いだ。理屈が通じなくてきついことを言うと泣いたりするから手に負えない。

「三丁目は、あの角を曲がったあたりだと思います」

奈々斗は一歩先に立って、ゆるい上り坂を進んでいく。坂を上りきった先のT字路を右に曲がると、左側に西洋風の石塀と、鉄の柵が見えた。

「ここみたい、ですけど」

足をとめた奈々斗が門扉《もんぴ》の脇にかけられた番地を確認してアルフレッドを振り返る。

「……誰も住んでない、みたいですね」

「案内をありがとう。もういい」

奈々斗の言うとおり、見るからにその家は人の気配がなかった。西洋建築を模《も》した石壁には蔦《つた》が這《は》い、すすけた窓はすべて閉ざされて暗い。庭は雑草が伸び放題で、一本植えられたオレンジの樹ではなりっぱなしの実を鳥がつついていた。

もういい、と言われた奈々斗は一瞬なにか言いたげな顔をしたが、すぐに唇を噛んで、「それじゃ失礼します」と頭を下げて踵《きびす》を返した。彼が道を曲がって見えなくなるのを待って、アルフレッドは門を押し開ける。

家の中に誰もいないのは気配でわかっていた。昨日今日のことでなく、もう長いこと誰もここには住んでいない。彼女はきっとジョージより先に亡くなったのだろう。

（無駄足だったな）

そう思いつつ雑草の間にかろうじて見える石畳《いしだたみ》を踏み、ポーチまでたどり着いたアルフレッドは、古風なドアノブに触れてみた。鍵はかかっている。単純そうな鍵だからその気になれば開けられたが、あえてそうする必要もない気がして、アルフレッドは数歩下がって家を見上げた。二階建ての家の窓は汚れているが、中にはまだカーテンが残されているのが見える。かつては清潔で優美だっただろう、可愛らしくドレープの寄せられたカーテン。

形見《かたみ》のネックレスを渡したら、それを口実に泊めてもらうつもりでいた。親切なふりをするのは得意だし、しばらくは彼女と暮らすのもいいと思っていた。先の短い老人はいろいろと都合がいい。うるさくないし、別れに慣れていて、他人に過剰な情を求めたりしない。彼らにはふらりと現れたアルフレッドよりもずっと大切な「思い出の人」がいて、そういう人間と過ごすのが一番、アルフレッドにとっては楽だった。

「残念だったな、ジョージ」

ジョージはまさにそういう老人だった。妻と子供がいるのに、ずっと昔に別れたきりの恋人だけが私の本当の妻なんだ、と言いはって、執事《しつじ》と二人で田舎にひっこんだ偏屈《へんくつ》な金持ちで、その恋人が最後にくれたハガキと、別れるときに返されたという高価なネックレスをなにより大切にしていた。

「ほらごらんアルフレッド、彼女は私の妻だと言ってくれるんだ。日本に永住するって書いてあるだろう。私だって本当は彼女と一緒になりたかった。彼女は私の女神で、たった一人の運命の相手なんだよ」――。

運命の相手なんかいやしないよジョージ。

毎日飽きずに同じことを繰り返していた老人の穏《おだ》やかな声を振り払って、アルフレッドは洋館を後にした。

面倒だが都心のほうに戻って、どこかホテルに泊まろう、と考える。少しゆっくりしてネックレスを売り払ったら、シンガポールあたりにでも行こう。また金持ちのすぐ死にそうなじーさんかばーさんをつかまえて一緒に暮らせば、三年くらいは過ごせる。幸い、いらないと言ったのにジョージが押しつけた金が口座にはたっぷり残っていて、その気になれば一人でも困りはしない。

「きゃん！」

思考に聞き覚えのある子犬の鳴き声が割り込んで、アルフレッドは顔を上げた。

さっき通ったあのぼろアパートの前で、奈々斗がリードに子犬を繋《つな》いで、所在《しょざい》なげに立っている。

例のトイプードルはアルフレッドを見つけてぴょんぴょん跳ねていて、アルフレッドは回れ右したい気持ちになったが、思い直した。

どうせどこかに泊まるなら、少しの間ならべつにここでもいいのだ。

「会えました？」

近づくと、奈々斗が控えめな笑みを浮かべて聞いてきて、アルフレッドは首を振った。

「残念ながら。管理している不動産会社や親族を探したいので、この近くで泊まる場所を探してるんだが、いいところは知ってる？」

「だったらうちに泊まってください！」

ぱあ、と奈々斗は顔を輝かせる。

「アルフレッドさんには迷惑かけちゃいましたし、狭いですけど部屋はありますから。古いけど掃除はちゃんとしてます！」

「ありがとう。そうさせてもらう」

うまくいった、と思う一方、ほんとにおめでたいな、とも思いながらアルフレッドは愛想《あいそ》笑いを返した。きっと愛されて育ったのだろう。苦労だとか、嫌な目にあったりしたことがないから、こんなふうに無条件に人を信じられるに違いない。

そのうち騙《だま》されて痛い目見ても知らないぞ、と考えてから、アルフレッドはちいさく肩を竦めた。

（まあ、俺には関係ないけどな）

長くて一週間。それ以上この国に長居《ながい》をする気はないし、赤の他人を心配してやるほどお人好《ひとよ》しでもない。

「どうぞ、入ってください」

奈々斗はにこにこしながらアパートの通路にアルフレッドを誘って、一番手前の部屋のドアを開けた。

「ここが俺の部屋です。夜は、よかったら隣の一〇二号室を使ってください。お布団《ふとん》ないんですけど、なんだったらこれから買ってきます」

「隣もきみの家なのか？」

「はい、二つ使わせていただいてるんです。このアパート、今は俺しか住んでなくて」

どこか申し訳なさそうに微笑んで奈々斗は靴を脱ぐ。「ただいまー」と奥に声を投げるので、親だろうとアルフレッドは作り笑いを浮かべかけ、のそりと出てきた犬を見て固まった。

狭いアパートに不釣り合いな、堂々とした大型犬――バーニーズ・マウンテンドッグだった。その後ろからこそっと顔を覗かせたのは先ほど奈々斗が連れていたボストンテリア、さらにその横にはミックスらしき茶色い中型犬、よく見ればバーニーズの後ろにもまだ犬がいる。

「ただいまボス。お客さんだからみんないい子にしてね。アルフレッドさん、どうぞ。トントンは僕がだっこしておきますから安心してくださいね」

「……」

安心とかそういう問題じゃない、犬は嫌いなんだ、と思いながら怯えたふうの犬たちを数えると、うれション犬を含めて全部で七匹だった。七匹、というのは多いほうだろう。たぶん。すくなくとも、部屋の大きさとはまったくあってない。

日本はいろんなものが小さいと思っていたが、それにしても奈々斗の住まいは手狭《てぜま》だった。

小さなダイニングテーブルと小さなキッチン。壁際には大きなケージが一つと、床には犬用らしいたくさんのマットやタオルが敷いてある。開け放たれた襖《ふすま》の向こうも含めて三十平方メートル程度の部屋の窓際のほうに、ボスと呼ばれたバーニーズがのっそりと座り、他の犬たちはその近くでそわそわと落ち着かなげにアルフレッドを見ていた。たぶん怖いのだろう。トントンだけが奈々斗に抱かれて嬉しそうにはしゃいでいる。

「どうぞ座ってください。すみません、犬がいっぱいでびっくりしますよね。お客さんが珍しいから、みんなもちょっと緊張しているみたいです。でも鳴かないでくれてよかった」

「……日本の家はこういうのが平均なのか？　この広さで人間が数人と犬が七匹はいくらなんでも狭そうだが」

勧められた椅子に座りながらアルフレッドが皮肉っぽく犬たちを一瞥すると、奈々斗は見慣れない形のティーポットにお湯を注ぎながら微笑んだ。

「日本の平均ではないと思いますけど、一人暮らしだから、意外と大丈夫なんです」

「一人暮らし？　高校生だろう？」

「――大学生です。休学してますけど、もう二十一歳です」

ちょっと傷ついた顔をして奈々斗は呟《つぶや》いた。アルフレッドは思わずその顔を見直す。どう見ても高校生にしか見えない。危機感のなさそうな表情はとても成人してるとは思えないし、身長だって百七十センチもない。

「一人暮らしなのに犬は七匹いるんだな」

思わずアルフレッドが呟くと、奈々斗は曖昧《あいまい》な笑みを浮かべてお茶を差し出した。取っ手のない、和風のカップだった。

「確かに七匹もいると、大変なこともあるんですけど――ちょっと、事情があって」

「誰か他に面倒を見てくれる人はいないのか？」

「半分くらいうちで引き取ってもいいとか、お手伝いさんを雇《やと》ったらどうかとか、言ってくれる人はいるんですけど」

「だったら頼ればいいじゃないか」

どうしてこんな狭い家で、わざわざ一人で犬の面倒を見ているのか理解できなくて、アルフレッドはそう言った。改めて見ても、犬たちはきちんと世話をされていて劣悪な環境なわけではなさそうだが、普通の状況とは言いがたい。

奈々斗はそれには答えないまま、片手で抱えていたトントンを膝の上に乗せて座り、気を取り直すように笑った。

「誰かとこうやってゆっくり話すのは久しぶりです。アルフレッドさんは、しばらく日本にいるんですよね？　俺なにかお手伝いしましょうか？　近所の人に聞いたら、そのアマンダさんのこともなにかわかるかもしれませんし」

「考えてみるよ。——俺が寝るのは隣だっけ？　そっちを見せてもらってもいいかな」

あまり量のないお茶を飲み干してアルフレッドは立ち上がる。奈々斗も慌てたように立ち上がった。

「そうだ、布団……こっちから隣に運びますね。あと、晩ごはんもよかったら一緒に食べませんか。まだ料理はうまくないんですけど、親子丼《どん》ならけっこう上手に」

「食事はいらない。自分でなんとかするから」

面倒なことを言われそうな気配を察して遮《さえぎ》ると、奈々斗は寂しそうに目を伏せた。

「――そう、ですか」

そう言って唇を噛んでトントンを撫でる仕草は頼りなかった。

自分に言い聞かせるように繰り返して呟く奈々斗は寂しそうで、一瞬、子供をいじめてしまったような罪悪感が胸をかすめた。

「そうですよね」

一人暮らしにも、なにか事情があるのかもしれない。

ただのぽややんとしたお坊ちゃんかと思ったんだけどな、とアルフレッドは考えかけて、どうでもいいことだ、と思い直した。

奈々斗に事情があろうとなかろうと、自分には関係のないことだ。

ちらりと犬たちのほうを見ると、彼らは緊張した様子のままだった。

柴犬と白っぽいミックス、パピヨンはバーニーズの後ろにいるし、茶色い中型犬とボストンテリアは、なにかあれば決死の覚悟で飛びかかってくるつもりなのだろう、ぐっと口を閉じてひたすらアルフレッドを睨《にら》んでいる。ボスという名のとおりボスらしいバーニーズだけが、落ち着いて奈々斗とアルフレッドを等分に眺めていた。

まとめてかかってきても敵《かな》うわけがないのに、と失笑しかけて、アルフレッドは目を逸《そ》らした。

トントンをボスの傍《そば》に預けて奥の部屋から布団を抱えてきた奈々斗と一緒にアルフレッドはいった

ん外に出て、隣の部屋に上がった。まったく同じ造りの一〇二号室は段ボールがいくつか置かれていたが、犬の匂いがしない分快適だった。

ありがとう、と告げてまだなにか言いたそうな奈々斗を追い払い、一人になって、やっとアルフレッドは息をついた。

長い一日だった。退屈で面倒でつまらない一日。長い人生の中でもひときわ無駄な、意味のない日。まだ日は高いが寝てしまうことにして、アルフレッドは布団を敷いた。薄くて寝心地のよくないその上で身体を伸ばして、目を閉じる。

眠りはあっという間にやってきた。どんな場所でもその気になれば長く眠れるのだけが、自分の身体で気に入っている長所だった。

夜半過ぎ、ぎいっとたてつけの悪いドアが軋《きし》む音でアルフレッドは目をさました。耳を澄ませて神経を向けると、ドアを開けたのは奈々斗ではなく、あのボス犬なのがわかった。

やれやれと思いながら身を起こすのと同時に、玄関からバーニーズが顔を出す。けっこうな年だな、とアルフレッドは目を細めた。

「こんばんはじーさん。夜這いか？」
冗談にも、彼はにこりともしなかった。ゆらりと尻尾を揺らしてきちんと座り、生真面目《きまじめ》にアルフレッドの目を見つめる。
《あなたがもし奈々斗を騙すつもりなら、やめてほしい》
前置きもなにもなく切り出されて、アルフレッドは口の端を歪《ゆが》めた。
「主人思いなんだな」
《奈々斗は——毎日頑張ってはいるが、本当は寂しいんだ。だから、それにつけこむような真似はしないでもらいたいのだ》
「誰もつけこんでないだろ。泊まってくれって言い出したのは奈々斗のほうだし、俺がいらないって言っても家に寄れってしつこくしたのも奈々斗のほうだ」
《あなたが奈々斗をあまりよく思っていないのはわかっている》
アルフレッドのからかうような口調にも、バーニーズは淡々とした口調を崩さなかった。
《でも奈々斗は、あなたをとてもいい人だと思っていて……明日もあなたと一緒に過ごせると、ずいぶん喜んでいるんだ》
「そんなに言うならおまえが奈々斗に言えば？　あれは胡散《うさん》臭いから追い払え、って」
《——》

「ああ、人間には言葉が通じないのか。可哀想にな」
あざ笑うと、初めて少しだけ、バーニーズは悲しそうに耳を動かした。しおしおと軽く首を下げ、
「だからあなたに言うんだ」と呟く犬から、アルフレッドは目を逸らした。
「騙すつもりなんかないし、どうせすぐに出ていくからいいだろ」
《……では、ここにいる間だけでも奈々斗に優しくしてやってはくれないだろうか》
「俺がか？」
アルフレッドは笑ってみせてからぐっとバーニーズを睨みつけた。「これ以上くだらないことを言うとあの馴れ馴れしいチビともども噛み殺すぞ」
《わたしはいい。だが、トントンは噛まないでやってくれ》
怯えずに、バーニーズは静かに言った。
《あれはもともと虐待《ぎゃくたい》されていた犬だ。病院に引き取られて大型犬は優しいと思い込んでるから、あなたのこともとても好きなんだ》
「俺は犬じゃない」
《トントンにとっては一緒だ。トントンも……奈々斗も、傷つけないでやってほしい》
アルフレッドよりもずっと若いくせに老成《ろうせい》した声を出したバーニーズは、そう言うと腰を上げた。
よろしく、と言うように尻尾を振られ、よろしくじゃねーよ、とアルフレッドは思う。

これだから犬は嫌いなのだ。主人に忠実で、情に厚い。

器用にドアを開け閉めして隣室に戻っていくボスの気配を感じながら、アルフレッドは苦々しい気持ちで仰向《あおむ》けになった。

――もし、奈々斗があんなにも寂しそうでなければ、少しくらい優しくするのは簡単なことだった。アルフレッドがいなくなるときに、奈々斗がめそめそ泣いたりしないと約束してくれるなら、飯くらい一緒に食べるし、お喋りにつきあってもいい。どうせなにか予定があるわけではなく、人生は嫌になるほど長いのだ。

よく喋るくせに、寂しい、とだけは言わずに黙って俯いて、唇を噛んだりするようなタイプでなければ、そうしてもよかったのだけれど。

失敗したな、と思いながらアルフレッドは寝返りをうつ。

寂しい人間も嫌いなのに。うっかり「短い間なら」などと思うなんて失敗した。

(…………一日、だけだからな)

一日だけ、泊めてもらった礼を返すために少し優しくして、明日の午後にはここを出よう。あのバーニーズに言われっぱなしも癪《しゃく》にさわるから、かたちだけでも優しくするふりをして去ろう。後味が悪いのは嫌だから。

最初に迷惑をかけたのは奈々斗の犬だ、ということは頭から追いやって、アルフレッドは丸くなった。そうしないといろいろなことを思い出しそうで、半《なか》ば無理やり眠りに落ちて——幸いなことに、夢は見なかった。


じゅう、とフライパンがいい音をたてて、目玉焼きの端が綺麗な焼き色に染まっていく。

それを見下ろして、アルフレッドはなんともいえない複雑な気分を噛みしめた。

あの日から、はや五日。

一日だけ、のはずだったのに、なんで今俺はエプロンをして朝食を作っているんだろう。

「アルって目玉焼きを焼くの、ほんとに上手だね」

待ちきれないように横から奈々斗が覗き込んで、アルフレッドは「目玉焼きが上手に焼けないほうが珍しい」という言葉を呑み込んだ。

奈々斗はその珍しいタイプの人間だった。壊滅的《かいめつてき》に料理が下手なのだ。

(しかも勝手に人を愛称で呼びやがって。馴れ馴れしいにもほどがあるだろう)

「卵って、絶対黄身を壊さずに割れないよね」

「……絶対できなかったら誰も目玉焼きが作れないだろ」

すぐ隣で目をきらきらさせてフライパンを覗き込む奈々斗の後頭部を見下ろして、アルフレッドはため息混じりに呟いた。茶色がかったやわらかそうな髪を弾ませて、奈々斗は嬉しそうにアルフレッドを振り仰ぐ。

「でも、アルが世界で一番目玉焼き上手だと思う」

「目玉焼きにそれほどうまい下手はない」

「あるよ、毎日おいしいもん。あ、お皿出すね」

すっかりうちとけた表情と声をして、奈々斗は作り付けの棚《たな》から皿を出す。二枚しかない皿にアルフレッドは半熟の目玉焼きを載せ、その脇にトマトとレタスを添えた。

慎《つつ》ましいこの朝食が毎朝の決まったメニューらしく、アルフレッドが初めて泊まった翌朝、奈々斗が出してくれたのだが、そのときの皿の上は悲惨なものだった。どういうわけかトマトは大小さまざまに切り分けられていて、レタスは水でびしょびしょで、目玉焼きの黄身は壊れてだいぶ焦《こ》げていた。

「なかなか上手にならなくて」と奈々斗は笑ったが、二ヶ月も一人暮らししているらしいのにこのレベルでは上手になりようがないとアルフレッドは思う。

あまりの食生活に見かねて、目玉焼きを作ってやったのが間違いだった、とアルフレッドは思いながらエプロンをはずした。奈々斗が炊飯器からごはんをよそい、小さなテーブルに向かい合わせに配《はい》膳《ぜん》するのを待って座ると、しずしずと犬たちが近づいてくる。

躾《しつけ》がある程度されているのか、あるいはまだアルフレッドが怖いのか、吠《ほ》えたりねだったりはしないが、奈々斗の傍がいいのだろう。そっと彼のまわりに座ったり寝そべったりする犬たちを、アルフレッドは皮肉な気分で見やる。

「いただきます！　……んー、おいしい！」

醬油《しょうゆ》をかけた目玉焼きをごはんの上に載せて頰張《ほおば》る奈々斗は本当に幸せそうだった。アルフレッドは黙って、慣れない箸《はし》をあやつる。

今日こそは切り出そう、と思う。いい加減奈々斗も目玉焼きのコツは覚えただろう、と言って、夕方には家を出ると言おう。

「俺、今日バイト午後からだから、一緒に散歩行けるね」

ごはん粒を唇の端にくっつけて、奈々斗がにこにこした。「今日は先に、ボスとトントンと、ヤスオにしようと思うんだけど」

「………………べつにどれでもいいよ」

「そうだよね、アルってすごく犬に好かれてるっていうか、尊敬されてててすごいよね。アルと散歩に行くと、みんなすっごくいい子で、よその子と喧嘩《けんか》しないからびっくりしちゃった」

「……」

それは犬がおまえよりは賢いからだよ、という台詞《せりふ》を、アルフレッドは卵と一緒に飲み込んだ。なぜ自分が、犬なんか散歩させねばならないのか。

アルフレッドの沈黙をどう取ったのか、奈々斗は「大丈夫だよ」と慰《なぐさ》める声になった。

「アマンダさんの家、なかなか管理してる不動産会社がわからなくってごめんね？　俺がもっと聞き上手だったらよかったんだけど、明日はバイトもお休みだから、もう一回ご近所の人に聞いてみるね」

「それはもういい」

訪ねるはずだったアマンダの家が、今は誰のものでどうなっているのか、調べる気はもともとあまりなかった。ただ奈々斗の家に一泊するための口実にすぎなかったのに、奈々斗は仕事の合間にわざわざ聞き回ってくれたらしい。

お人好しで能天気で不器用――というのが、この五日間でわかった奈々斗の性格だ。

どう見ても世間知らずの箱入り息子にしか見えないのだが、住まいは半分壊れたような古いアパートで、生計はアルバイトで立てているらしい。大学は休学しているというし、犬七匹と一緒の一人暮らしといい、なにか苦しい境遇なのだとしてもおかしくないのに、奈々斗は自分自身のことはほとんど語ろうとはしなかった。

彼の境遇を想像させるものがあるとすれば、ただ一つ。

「……もしかして、もうアメリカに帰っちゃう？」

——ただ一つ、この表情だけだ、とアルフレッドは思う。アルフレッドが出発を告げようとすると、しょんぼりと寂しげになって、目が潤《うる》む。

（……泣かれるのが一番嫌いなんだよ俺は、馬鹿）

いらいらして、アルフレッドは残りの食事をかき込んだ。箸とやらは使いづらいし毎朝同じ食事で飽きるし犬はいっぱいいて鬱陶しいし、奈々斗はアホだし、あげくに泣かれたらたまらない。やっぱり日本になんか来るべきじゃなかったのだ。

「ごちそうさま。皿は奈々斗が洗えよ。散歩は特別つきあってやる。……それと、二階の屋根が壊れてるんだろ。明日は雨らしいから、直してしまわないと」

「うん！　ありがと！」

ぱあっ、と奈々斗が笑った。

「アルって本当に親切だよね。……よかった」

その気の抜けそうな顔を見ながら、馬鹿は自分のほうだなとアルフレッドは苦く思う。泣かれたって一瞬だ、奈々斗がバイトに行っている間にでも出ていけばすむのに。

「ごちそうさまでした」

丁寧《ていねい》に手をあわせた奈々斗が嬉しそうな顔のまま皿を台所に下げる。

奈々斗の足下でパピヨンの豆子《まめこ》とじゃれていたトントンが、奈々斗がいなくなるとぱたぱたとアルフレッドのところに寄ってきた。短い尻尾を懸命に振って『だっこ』と言われ、アルフレッドはボスがじっと見ているのを確認してから、仕方なく抱き上げた。

片手で握りつぶせそうに小さな犬は、抱き上げると嬉しそうに身体をくねらせる。ピンク色の舌を伸ばしてぺろぺろと口元を舐《な》めてくるのを少しの間好きにさせてやり、アルフレッドは尻尾の付け根を撫でてやった。

断尾《だんび》ですらなく、ただいじめるために尻尾を切られたというトントンのそこは、毛をかき分けると傷がわかる。満足に餌《えさ》ももらえていなかったらしく、まだ痩《や》せていて背骨も歪んでいた。

「人間なんかと暮らすからだ」

そっと呟いて小さな体を撫でてやる。トントンを抱いていると他の犬たちも少しほっとするらしく、茶色のミックス犬のヤスオがそうっと寄ってくる。ふんふん、と控えめに匂いを嗅《か》がれて、アルフレッドは黙ってそれを見下ろした。ヤスオはじっくり嗅いでも納得できなかったらしく、首を傾《かし》げて見上げてくる。

《犬？　人間？》

「どっちでもねーよ」

「なに？　アル、なにか言った？」

台所から奈々斗の声がして、アルフレッドは「なんでもない」と返した。犬と喋るなどと思われたら余計に面倒だ。今でさえなにもかもが面倒なのに。

トントンはひとしきり甘えて満足したらしく、勝手に腕の中で目を閉じはじめていた。すぐに寝るのがいかにも子犬だ、と思いながら、アルフレッドはそっとトントンの耳の後ろを撫でた。

あたたかくて、やわらかい。お腹はほんのり甘い匂いがして、安心しきって脱力した重みは心地よい。

（……いや、心地よくもないしいい匂いでもない。なに血迷ってんだ俺は）

断じて懐《なつ》いてほしいわけではない。必要以上に邪険《じゃけん》にする気もないかわり、優しくする義理もない、のだが。

トントンの巻き毛をそっと指で梳《す》いてため息をつきかけたとき、アパートの表から誰かが入ってくるのがわかった。ここには奈々斗しか住んでいないので、誰も入り込まないはずだが、とアルフレッドが顔を上げると、犬たちも一様に玄関のほうを向いていた。ほどなくノックの音が聞こえ、いっせいに吠えはじめる。

「あ、鷲坂《わしさか》さんかな。こらっ静かに！　はーい、今開けます！」

濡れた手を拭きながら奈々斗が慌てて玄関に走っていく。アルフレッドはボスまでが立ち上がって警戒するように尾を揺らすのを黙って見ていた。

（ワシサカ？　誰だ？）

「おはようございます、奈々斗さん。――もう少し犬を躾けたほうがいいですよ」

「すみません、いつもうるさくて……おはようございます」

外から聞こえるどこか見下《みくだ》したような冷たい声に、奈々斗が申し訳なさそうに応《こた》えている。首を伸ばして覗くと、玄関先に立ったスーツ姿で眼鏡の男と目があって、彼はすぐに顔をしかめた。

「お客さんですか？　こんな朝早くから？」

「アルフレッドは今泊まってて……ええと、ちょっと事情があって」

「お友達ですか？」

「……友達ではないんですけど、その、困ってたので」

問いつめるような男の声に、奈々斗は小さく首を振る。男は再びアルフレッドを一瞥し、ため息をつきながら眼鏡を押し上げた。

「感心しませんね。生活費も社長から援助していただいているのに、見ず知らずの男を連れ込むというのは」

「……連れ込むとか、そんなんじゃないです。困ってるときは助けるのは当たり前でしょう」

「だから社長があなたを援助するのも当たり前だと？」

「――田畑《たばた》さんには本当によくしていただいて、いくらお礼を言っても足りないくらいだってわかってます」

「なんにしても、知らない人間を家に上げるのは感心しませんよ。私もきみを心配しているんです。もしものことがあったら社長が悲しみますからね」

「……はい。すみません」

徐々に静かになった犬たちの吠え声を縫うようにして、奈々斗の力ない声が響く。犬たちはまだ唸《うな》り声をあげていて、みんなあの鷲坂という男が嫌いなようだが、言ってることはまともだな、とアルフレッドは思う。皮肉っぽくボスを見やると、ボスはしぶい顔をしてみせた。

「アルフレッドさんですか？　ちょっとお話を聞かせてください」

「俺？」

玄関から呼ばれ、アルフレッドは再びそちらを見た。冷静な顔をした男は事務的に頷《うなず》いて、アルフレッドは仕方なく立ち上がった。緊張しきって固まっているトントンを抱いたまま男の前に立つと、彼はアルフレッドを見上げて眉をひそめた。

「失礼ですがどちらの国から？」

「アメリカ」

「日本にはどのようなご用件で？」

「野暮用《やぼよう》だよ」

「どうしてホテルに泊まらず奈々斗さんのところに？」

「なりゆきで」

矢継ぎ早な質問に、アルフレッドは薄く笑った。隣にいた奈々斗のほうが耐えかねたようにぎゅっとアルフレッドの腕を握った。

「鷲坂さん！　アルは悪い人なんかじゃないですから！　目玉焼きだって上手だし、今日は屋根の修理もしてくれるっていうし、散歩だって手伝ってくれるんです。だからもう友達といってもいいと思います！」

勝手に友達にするなよ、とアルフレッドは思ったが、口を挟《はさ》んでややこしくなるのも嫌で黙っておくことにした。鷲坂は少し驚いたように奈々斗を見下ろして、それからまた眼鏡を押し上げた。

「なるほど、わかりました。あなたに新しい友人ができたと聞けば、社長もお喜びになるでしょう。そのように報告しておきます」

「あ……はい。ありがとうございます」

「いい友人ができたようでよかったですね」

鷲坂は淡々とそう言ってかるく会釈《えしゃく》をして去っていく。まっとうなことを言うが話し方が慇懃《いんぎん》なせいか、いまいち人に嫌われそうなタイプだな、とアルフレッドは見送ってドアを閉めた。

「アル……いきなりごめんね」

奈々斗は気まずそうにアルフレッドを見上げてくる。アルフレッドは部屋に戻ってトントンを床に

下ろして首を振った。

「べつに気にはしてない。それより、あいつは誰なんだ？」

「鷲坂さんは、田畑さん——俺がお世話になってる人の、秘書なんだ」

「世話になってる人？」

「——うん」

言いにくそうに、奈々斗は視線を逸らした。鷲坂がいなくなって思い思いにくつろいでいる犬たちを見つめて、「いい人なんだよ」と呟く。

「田畑さんは、もともと父のやってた動物病院に来てくれてた人で、俺のこと心配してくれて、このアパートも手配してくれたんだ。本当は新しい一軒家を買ってくれるって言われたんだけど、さすがにそんなことしてもらえないから、ここにしますって言って。……ほんとは、そういうのも全部、迷惑かけずにすめばよかったんだけど」

奈々斗は笑おうとしたのか、唇の端を上げて少し奇妙な顔をした。

「二ヶ月前は、どうにもならなかったんだよね。父さんと母さんが事故で亡くなって、俺、なんにも手続きとかわかんなかったから田畑さんが助けてくれて——お葬式が終わって、これから一人で頑張らなきゃ、って気合い入れてたら、家が火事になってさ」

「火事？」

「うん。燃えちゃった。俺も犬たちも無事だったんだけどね。俺って運だけは恵まれてるみたいで、たいした怪我《けが》もなかったんだけど」

ふわ、と今度ははっきり、奈々斗は笑った。どこか無理のある表情に、なるほど最初から寂しそうだった理由はそれか、とアルフレッドは思った。

不自由なく暮らしてきたが故《ゆえ》の無邪気な幼さだと思っていたのに、想像以上に苦労はしていたようだ。

「そんなに大変な状況だったら、素直にその田畑って人の世話になっときゃいいだろうに」

「だって、なにからなにまでお世話になるわけにはいかないよ、子供じゃないんだしさ。今は——両親が亡くなったばっかりだし、犬もいるし、田畑さんのお世話になるしかないけど、できるだけ早く独り立ちして、借りたお金はちゃんと返そうと思ってるんだ。そうじゃないと申し訳ないよ。田畑さんて、すごくいい人なんだもん」

吹っ切るように奈々斗は明るい笑顔を見せて、「ヤスオ、おいで」と呼んだ。

リードをつけて散歩の準備をする奈々斗を見ながら、ガキのくせに、とアルフレッドは思う。なにが「お世話になるわけにはいかない」だ、無理をしているからそんなに寂しそうな顔をする羽目《はめ》になるのだ。

奈々斗は三匹のリードをつけ終えるとアパートを出て、ついてきたアルフレッドを振り返った。

「アルにも田畑さんに会ってもらえたら楽しいかも。月に何回かは、田畑さんとごはん食べたりお茶飲んだりしてるんだよ。田畑さんがぜひそうしてほしいって言うから、今俺ができるお礼ってそれくらいかなと思って一緒にお茶してるんだけど、いかにも優しいおじいちゃんって感じで、いつも面白いんだよ」

「……その田畑って人は、べつに俺とは会いたくないと思うけどな」

さっきの鷲坂にも胡散臭がられたし、と思いながらアルフレッドは奈々斗からリードを一本受け取った。当然のようにトントンのリードなのは納得がいかないのだが、最初以来トントンはうれションはしなくなったので、とりあえず文句は言わずにおく。

「きっと会ったら楽しいと思うけどなあ。——鷲坂さんも」

奈々斗は弾《はず》むような足取りで歩きながら呟く。

「今まで鷲坂さんて、なんとなく近寄りがたくて、怖い人なのかと思ってたけど、あんなに優しい人だったんだね」

「……そうか？」

「だって、いい友達ができてよかったですね、だって。俺、すごく嬉しいよ。もしかして鷲坂さんには嫌われてるかもって気がしてて、いつもちょっと悲しかったからさ」

奈々斗は眩《まぶ》しそうにアルフレッドを見上げて、はにかむように笑った。

「アルフレッドに泊まってもらってよかった。ありがとう」

「……」

「アルが泊まってくれなかったら、ずっと鷲坂さんのこと誤解したままだったかもしれないもん。親切にしてもらってるのに、ちょっと怖いとか思ってたなんてひどい人間だよね俺」

照れたように言って、奈々斗は足を速めた。

「今日は公園コースでいい？」

「どこでもいいよ」

適当に答えながら、たぶん鷲坂はおまえのこと嫌いなんじゃないかな、とアルフレッドは内心で呟く。口先だけの「よかったですね」を真《ま》に受けるなんて、おめでたいにもほどがある。

（まあ、俺には関係ないけど）

関係ないのだから、明日にはここを出よう、とアルフレッドは決心し直した。今度こそだ。面倒で放っておいたあのネックレスの始末をつけたら、次の土地へ行こう。

奈々斗の寂しげな様子の理由がわかった今となっては、それは一刻も早いほうがよかった。

寂しい人間とは、一緒には暮らせない。

住処《すみか》を失ったら放浪して、次の落ち着く先を探す。もう何年も——何十年も、アルフレッドはそういう生活をしてきた。落ち着く先の条件は、同居する人間が年老いていることと、アルフレッドと適度に距離を置けることだけだが、奈々斗はどちらにもあてはまらないから、ここに住む気にはなれなかった。

鍵をこじ開けて忍び込んだ洋館の中は、思ったよりも荒れておらず、家具などが残されたままだった。薄く埃《ほこり》をかぶった静かな室内を歩いてアルフレッドはひととおり見て回り、リビングの飾り棚に立てられた写真を見つけた。

知っている写真だった。ジョージが寝室の枕元に飾っていたのと同じ、モノクロの古い写真。椅子に座ったドレス姿の綺麗な女性と、やや緊張したような面差しで背筋を伸ばして立った若いジョージが写っている。女性は淡く微笑んでいて、気品と自信の両方が感じられ、そうして二人とも幸せそうだった。

お互い、本当に好きだったのだろう。数十年を経て、主がいなくなっても、写真の中には二人の幸福が閉じ込められている。見る者まで微笑んでしまいそうな愛情に満ちたその写真を見つめながら、けれどアルフレッドは皮肉っぽく口元を歪めた。

無駄に長生きをする自分は痕跡《こんせき》を残さないほうがいいから、写真など撮ったこともないし、残しておきたいとも思わなかった。

人間同士ならいい。愛情がたとえ幻《まぼろし》でも、お互いに錯覚したまま過ごせるほど人生が短く、同じ時間の流れの中で生きているのだから。

よかったなジョージ、と呟いて、アルフレッドはポケットに入れてきたネックレスを取り出した。エメラルドの散りばめられた銀のネックレスは、ジョージが毎日磨《みが》いていたおかげでまだぴかぴかだ。それを二人の写真の前に置く。

「さよなら、ジョージ」

約七年の同居生活だった。もっと早く終わると思っていたから七年という長さは誤算だったが、それでもアルフレッドには最高の条件の相手で、うるさくしないかわりにアルフレッドをときどき息子みたいにあしらってくれた。主人と同じく年老いた執事ができない力仕事を代わってやる度《たび》に、少し嬉しそうにアルフレッドを見ていたジョージ。「おまえにも早く運命の人が現れるといいなアルフレッド。おまえはいい男だから」と言いながら、医者にとめられてもやめなかった煙草を持つ、震えて痩せた手指。

「楽しかったよ」

つけ加えてアルフレッドは踵を返した。これで終わりだ、と思うとずいぶんほっとした。

あとはアパートに戻って雨漏りしている二階の屋根をふさいで、バイトから遅くに帰ってくる奈々斗の代わりに犬に餌をやり、奈々斗の食事を作って一緒に食べたら、明け方に——いや、探されたら困るから、やはり明日の昼間にしよう。

名残惜《なごり》しいわけじゃない、とアルフレッドは心の中で言い訳をした。アマンダに会えなかったことが心残りなわけじゃない。どうでもよかったことだ。気まぐれでジョージの遺言《ゆいごん》を引き受けただけだし、まして奈々斗のことはどうでもいい。

長い放浪には慣れている。

故郷を捨てたときから、命がつきるまで安住の地はないと覚悟は決めているのだ。

「…………とりあえず、スーパーで食材を買わないとな」

呟いて半ば忌々《いまいま》しい気分でため息をついて、煮えきらない自分がいることに、アルフレッドは気づかないふりをした。


奈々斗の家は食器も少ない。なので、食事というとできるだけ一皿ですむものばかりになるのだが、野菜と肉を炒《いた》めてごはんの上に載せただけのそれを、奈々斗は幸せそうにかき込んであっという間に食べてしまった。

「おいしかったー！　帰ってきてごはんができてるってすっごく贅沢《ぜいたく》で幸せだね」

「――よかったよ」

「みんなにもごはんあげてくれてありがとう。俺が帰ってきてからだと遅くなっちゃうから、ジョンとかトントンには可哀想だなって思ってたんだ」

　奈々斗は笑って足下に丸くなった白いミックス犬を撫でた。犬たちの中で一番年上だというジョンは、もう目が見えないため、奈々斗がいるときは奈々斗の傍で寝ることが多い。おとなしい犬で、アルフレッドにも興味がないようだった。

　お茶を淹《い》れてやりながら、アルフレッドは短く切り出した。

「今日、アマンダに渡すはずだったものを渡してきた」

「え、家族の人とか見つかったの？」

「まあ、そんなところだ」

「そっか、じゃあ、よかったね。アルはそのために日本に来たんだもんね」

　半分ほっとしたような、半分寂しそうな顔で奈々斗はアルフレッドの差し出した湯のみを受け取った。それから気を取り直すように、朗《ほが》らかな声を出す。

「家族の人、喜んでたんじゃない？　わざわざ届けてくれたんだもの」

「――どうかな。形見だから」

写真の前に置いてきただけだし、と思いつつそう返してから、アルフレッドは余計なことを言ったと気づいたが、すでに遅く、奈々斗は不思議そうに首を傾げた。

「形見？」

「……アマンダの昔の恋人から、預かってきたんだ。思い出の品ってやつだな」

「それって、もしかしてアルフレッドのお父さん？」

「全然違うよ、完全な他人だ。たまたま、一緒に暮らしてただけだ」

「その人、亡くなったんだね」

「だからしょうがなく俺が来たんだよ」

素っ気なく言ったアルフレッドを、奈々斗はしばらく黙って見つめていた。アルフレッドは「なんだよ」と顔をしかめかけ、じっと自分を見たままの奈々斗の目から唐突《とうとつ》に涙が零れるのを見てぎょっとした。

「……なに泣いてんだよ」

「あれっ……ごめ、なんか、勝手に」

慌てたように奈々斗は目元を擦《こす》る。

「一緒に暮らしてた人が亡くなったんだ、アルも寂しかったかなあって思ったら……すごく胸が痛くなって、悲しくなっちゃって――ごめん」

擦っても擦っても、涙はとまらないようだった。奈々斗は堪《こら》えるように唇を噛んで、結局くしゃりと顔を歪めて俯いた。

「……っアルも、寂しかったよね」

頼むから泣きやんでくれ、と思いながらアルフレッドは天井を仰いだ。

「俺はべつに寂しくない」

「でも、一緒に暮らしてる人が亡くなって……わざわざ形見の品を届けに遠くまで来るんだもん、大切な人だったでしょう」

ひくっ、としゃくりあげるのを無理に我慢するように息を呑み込んで、奈々斗はきつく俯いている。微かに揺れる小さな頭を、アルフレッドは黙って眺めた。

ジョージはちょうど都合がいい人間だっただけで、大切だったわけじゃない、と説明してやりたかった。数年で死ぬことはわかっていたから、悲しくも寂しくもない。死に顔を見ても涙は出なかったし、葬式には参列しなかった。ジョージにとっても同じだ。彼の人生でもっともかるい存在が、アルフレッドだったはずだから。

おまえとは違うよ、とアルフレッドは思う。なのに、奈々斗は無理に顔を上げて、涙の残る顔で微笑んだ。

「勝手に泣いてごめんなさい。俺もびっくりした。——泣いたりとか、寂しがったりとか、ほんとはしたくないし……今までは全然、自分が涙もろいとか思ったことなかったんだけど」

みっともないよね、と奈々斗は自嘲《じちょう》するように唇を曲げて笑い、ごそごそとポケットから携帯を取り出した。

「火事で燃えちゃったから、親の写真とか、全然なくってさ。携帯も、友達と撮ったりとか、犬を撮ったりしても、家族の写真なんか、普段撮らないでしょう。でも——ほんとに、亡くなるちょっと前に、病院で撮ったんだよ。母さんと父さん」

差し出されたその画面を、アルフレッドは仕方なく覗いた。奈々斗と同じように能天気そうな男性と、奈々斗によく似た目をした女性が、少し恥ずかしそうに並んで写っている。

「父さんの動物病院、お客さんがいなくなっちゃって、これからどうしようって俺でも思ったのに、父さんは『大丈夫だ、なんとかなる』って元気で、やる気いっぱいだったんだよ。母さんも一緒に笑ってて、これからもう一度やり直すんだから頑張らなきゃね、とか言ってたのに——二人とも悔《くや》しかったかなあ、って、今でもときどき思っちゃう」

自分のほうに画面を向けて愛しそうに両親を眺めて、奈々斗は携帯を閉じると胸に抱いた。

「だから、俺はちゃんとしなくちゃって思うんだ。犬がいっぱいいるからけっこう賑《にぎ》やかだし。——でも」

両親によく似た、照れたような笑みを浮かべながら、奈々斗はアルフレッドを見つめてくる。

「でも、アルが来てくれてほんとに嬉しかった。――用事、終わったかもしれないけど、もしよかったら、アルがよかったらだけど、好きなだけ泊まってくれていいからね」

「――単にうまい飯が食いたいだけだろ、おまえ」

真摯《しんし》で懸命な奈々斗の声を、わざとちゃかすように言ってアルフレッドは立ち上がった。

「風呂入れよ。洗い物は特別やってやるから」

「……ありがと」

かわされたことに、奈々斗は気づいただろうか。

短い沈黙のあと、控えめな感謝の言葉と一緒に立ち上がるのを背中で感じながら、アルフレッドはむっつりと流しに向かう。

奈々斗の発散する無言の寂しさに、こちらまで感化されそうだった。


翌朝、奈々斗は昨晩のことを忘れたように明るく元気だった。無理しているのだとしてもありがたいなと思いながらアルフレッドは朝食を用意し、二人で食べた。

奈々斗が洗い物をはじめると、いつものようにトントンが飛んでくる、と思ったら、子犬はなぜか窓のほうに走っていく。庭に面したその掃《は》き出し窓にぴょんと飛びついたトントンがしきりに窓ガラスをひっかくので、アルフレッドは仕方なく立ち上がった。

窓の向こうはアパートの庭になっていて、手入れされていないので雑草だらけなのだが、それなりの広さがあって犬たちにはちょうどいい遊び場だった。

「なんだよ、庭で遊ぶのか？　はしゃいで道路に出るんじゃないぞ」

俺は保父さんか、と思いながら窓を開けてやり、元気よく飛び出すトントンと、ついでのように飛び出す柴犬のみかんやヤスオを目で追いかけ——アルフレッドはびりびりと神経に触れる気配にはっと顔を上げた。

（あれは——）

まさか、と思うのと同時に、隣家の敷地とへだてるブロック塀の向こうから、茶色っぽい巨大な塊《かたまり》が飛び出してくる。それがまっすぐにトントンに飛びかかろうとしていることに気づいたときには、勝手に身体が動いていた。

足が床を蹴った感触だけを残して、一瞬感覚が消える。

拡散し天地が逆さまになるようなその瞬間を経て、自由を取り戻した全身で、アルフレッドはその茶色の塊を弾《はじ》き飛ばした。

先まで力の漲《みなぎ》った黒い爪ががしりと地面を噛む。踏みしめる四肢《しし》は太く、なめらかな黒い毛で覆われていた。大きく揺れた長い尻尾がぽかんとしているトントンをかすめて、アルフレッドは少しほっとした。

威嚇《いかく》のために唇をめくり上げるようにして、鋭い犬歯《けんし》を剝《む》き出しにしながら睨んだ視線の先、アルフレッドに弾き飛ばされて音をたてて塀にぶつかった塊は、すぐさま反転して体勢を整える。きりりとつり上がった瞳は緑色に爛々《らんらん》と輝き、アルフレッドを見返していた。笑うように上がった口元からは長い犬歯が覗き、つやつやした金茶の毛並みに覆われた体軀《たいく》はしなやかで大きい。

狼《おおかみ》だ。

予想どおり見知ったその姿にアルフレッドが顔をしかめると、ぽい、と狼がなにかを口から吐き出した。前足で押さえるようにした途端、それがもくもくと煙を上げはじめ、それとほぼ同時に後ろで「アル？」という焦《あせ》った奈々斗の声が聞こえて、アルフレッドは首を竦めた。

（見られたな……）

一瞬、狼の姿のまま逃げるという選択肢を考えかけて、それはできないと思い直す。同族と奈々斗を一緒に残していくことは、万が一を考えたらできない。

仕方ない、と思いつつ、アルフレッドはくるりと身を縮めるようにして、自分自身を「折りたたむ」。

茶色の狼よりもゆうに一回り大きかった身体――つややかな黒い毛に覆われた獣の体軀が、人間の殻《から》の中に折りたたまれていく感覚だ。

数秒で人の姿を取り戻したアルフレッドは、煙に噎《む》せながらずたずたに裂けてしまった服をかき集めて腰を覆った。それから煙の向こうに見える、まだ狼の姿をした相手に口をひらく。

「なんでおまえがここにいるんだ、ハリー」

自然と口をついたのは母国語であるドイツ語だった。徐々に薄れてきた煙の中、くるりとアルフレッドと同じような仕草で人型に戻った茶色の狼は、塀の上に向こう側から置かれた服を取って着ながら、得意げな笑みを見せた。

「やっぱりクリスの薬はよく効くな。面白いことになってるぜ、アルフ」

「なんにも面白くねえよ」

肩を竦めて言い返し、それからアルフレッドは前に立つハリーの頭からぴんと立ったままの狼耳を見て眉を寄せた。

顔をしかめたアルフレッドの頭の上でも、ぴくぴく、と耳が動く。まさか、と思って触ってみると、悪い予感のとおり、そこには耳が——尖《とが》った狼の耳が残っていた。思わず身体を捻《ひね》って見下ろすと、尻からは尾が垂れていて、アルフレッドは倒れたくなる。

「なんで、こんな中途半端《ちゅうとはんぱ》なことになってんだよ！」

「だからクリスの薬だってば。さっきの煙にしこんでもらっててさ」

「意味のないことするなよ、遊びに来たのかおまえは」

「アルフを連れ戻しに来たに決まってるだろ。正体がばれたらいられないだろうから、強制的に帰れるようにしてやろうと思ってさ」

「私はやめといたほうがいいと言ったんですけどね」

偉そうに胸を張ったハリーの横に、表の道路から回り込んできた銀髪の青年が並ぶ。アルフレッドは憮然《ぶぜん》として二人を眺めた。

金茶の髪と緑の瞳を持つ、二十歳を過ぎた程度の伸びやかな青年の姿をしたハリーと、背中まで届く銀色の髪を持つクリスが並ぶと、つがいのように絵になる。絵にはなるが、アルフレッドにとっては迷惑でしかない同胞《どうほう》だった。

「やめといたほうがいい、って助言するだけじゃなく、とめてくれると助かったんだけどな」

「でも、ちょっと面白いかと思いまして」

服を全部着終えたハリーとアルフレッドを交互に眺めて、長い銀髪を揺らして微笑む旧友に、アルフレッドはもう一度ため息をついた。わざわざ日本までご苦労なことだな、と思ったが、だからといって彼らと帰る気にはなれない。

帰る気にはなれないが、却《かえ》ってちょうどよかったかもしれないと思いながら、アルフレッドはやっと背後を振り返った。できれば、奈々斗の顔は見たくなかった。

奈々斗の反応を、見たくない。

窓のところに立った奈々斗は、呆気《あっけ》にとられた顔で口を開けていた。ごく普通の反応だった。人間が狼になったり、狼が人間になったりするのを見れば、誰だって驚く。そしてたいていは驚いたあとで、アルフレッドが少しでも動いたり話しかけたりすると、恐怖のあまり顔が歪むのだ。

「――悪かったな、驚かせて」

できるだけ穏やかに声をかけると、奈々斗ははっとしたように瞬《まばた》きした。まともに目を見返され、きっと「化け物」とでも言われるのだろうとアルフレッドは自嘲しかけた。

「心配するな、すぐに出て――」

「すごいね！」

出ていくし襲ったりしないから、と言いかけたアルフレッドを遮って、ぴょん、と奈々斗が庭に飛び降りた。裸足のまま走ってくると飛びつくようにして抱きついてきて、アルフレッドは一瞬反応できずに固まってしまった。

背中に、ぎゅっ、と奈々斗の腕が回り、強く抱きしめられて、心臓が大きく跳ねる。

「すごい、今狼だったよね!?　すっごく大きかった！　アル狼になれるんだ！　もう一回やって！」

「…………いや、やってと言われても」

「できないの？」

「できないことはないけど」

いきいきした顔で覗き込まれ、アルフレッドは困惑して黙り込んだ。押しつけられた奈々斗の身体は細いのに、どことなくやわらかい。間近できらめく目にまっすぐ見据《みす》えられると、再び心臓がどきんと跳ねた。

まっすぐにアルフレッドを見つめてくる奈々斗の目には、恐怖の色は微塵《みじん》もなかった。トントンを見ているときと同じ、むしろ愛しげで優しい目だ、と思って、身体の奥が熱くなる。

「アル？　どうかした？」

「――いや」

気のせいだ、とアルフレッドは内心で自分に言い聞かせながら、奈々斗を押しのけようと肩に手をかけて、そのやわらかさにくらりとした。

（……人間に、ちゃんと戻れてないからか？）

狼の姿でいると理性は長く保っておけない。腹の奥底から抗いがたい熱が湧《わ》いてきてしまうのは、身体が中途半端な状況だからだろうか。

――これだから、狼は嫌なのだ。

息をつめたアルフレッドに、奈々斗はなおも抱きついてくる。

「アルあったかいね。狼だから体温高いのかな。尻尾もふさふさ」

「……おまえは暑苦しいぞ」

「ええっ、ひどいよ！」

拗《す》ねたように顔をしかめる奈々斗をアルフレッドはなんとか引きはがし、おまえのせいだとハリーを睨むと、ハリーはしゃがみ込んでいた。

「おー、ちまいなあ。よしよし。兄ちゃんのこと好きかな？」

いつの間にかトントンがハリーの足下にいて、嬉しそうに尻尾を振っている。本当に大型犬が好きなんだな、とぼんやり思い、今はそれどころではない、とアルフレッドは思い直した。

「とにかく、ハリーとクリスは帰れ。話がややこしくて面倒だから」

「え、駄目だよアル、俺お茶淹れるから、上がってもらおうよ」

名残惜しそうにアルフレッドの腕に触れた奈々斗が、慌てたように見上げてきて、アルフレッドは思いきり眉を寄せた。

「あいつらは客じゃないぞ」

「でもトントンも懐いてるし、アルの知り合いだよね？　あの、お茶よかったらどうぞ！　日本語わかります？」

「私はわかりますよ、ハリーは駄目だけど」

クリスがにっこりと奈々斗に微笑み返し、アルフレッドにも笑いかける。

「せっかくですからお茶をご馳走《ちそう》になりつつ、今後のことを決めませんか、ボス」

「ボスじゃねえよ」

「じゃあドン」

「全然違うだろ……」

完全に面白がっているふうのクリスを忌々しく睨みつけて、仕方ない、とアルフレッドは踵を返した。

「お茶は飲んでもいいけど、犬がいっぱいいるからな。無駄におどしたり騒ぎを起こしたりするなよ、ハリー」

「大丈夫、俺犬は好きだから」

一番迷惑をかけているくせに気楽な声を出したハリーがトントンを抱き上げるのを横目で眺めて、アルフレッドは深々とため息をつきながら部屋の中に戻った。

服を着替えて戻ってくると、七匹の犬たちは揃ってハリーを取り囲んでいた。順番に撫でて声をかけるハリーの気配が心地いいらしく、みんな楽しそうにしている。それを眺める奈々斗もひどく嬉しそうだった。

「ジョンもボスも寄っていくなんて、ハリーさんはほんとに犬が好きなんだね」

「レベルが同じだけだよ」

ぼそりと返して椅子に座ると、無理にズボンの中に押し込めた尻尾がひどく邪魔だった。すでにテーブルについていたクリスは、奈々斗の出したお茶を手にしてやんわりと微笑んだ。

「よかったら、アルフの服も改造してあげますよ。薬の効力が切れるまでに一週間ほどかかると思いますから、その間尻尾を押し込めておくのは窮屈《きゅうくつ》でしょう？　ハリーの服は昨日、私が改造したんですよ」

「わあ、ぜひそうしてください！」

いらない、とアルフレッドが言おうとしたのに、奈々斗のほうが興奮したようにテーブルに手をついた。

「アルの尻尾見たいです！」

「……見せたくない」

なんだかものすごい辱《はずかし》めを受けているような気がして、アルフレッドは顔を背《そむ》けた。クリスは「さっそくやりましょう、お茶を飲んだら」などと請けあっていて、そんな場合じゃないだろう、とつっこみたくなる。

「ほんとに、なにしに来たんだよおまえらは」

「それはもう、我らが長《おさ》に戻っていただくために」

独り言の音量で呟いたアルフレッドの声を拾って、クリスは微笑んだままそう言った。奈々斗が首を傾げると、親切に説明まではじめてしまう。

「私たちは『暗い森の環《わ》』という組織に属していて――」

「クリス！」

「いいじゃないですか。もしこの方が吹聴《ふいちょう》して回るようなら、そのときは殺せばいいんです」

穏やかな顔をして怖いことを言ったクリスに、奈々斗は真剣な顔で頷いた。

「俺、秘密を他人に喋ったりしません」

「それはよかったです。『暗い森の環』というのは人狼《じんろう》一族で作られているんですけど、ずっと長が不在なんです。人狼、ってわかりますか？」

「狼人間ってこと？　満月見ると狼になっちゃうっていう」

「満月で狼にはなりませんが、まあそれです。『暗い森の環』は人狼の統一とか、他の種族との争いに備えるためとか、人間と無駄に対立しないためとか、いろんな目的のためにあって、人狼は組織のルールに沿って生活すべし、ということになっているんですが、アルフがわがままを言って故郷を出てしまったので、ずっと長がいないままなんです。我々人狼にとって、長というのはとても大事なものです。現在のためにも、未来のためにもね。いい加減戻ってきてもらわないと困るので迎えに来たんですよ」

「アルって偉いんだ？」

「俺が偉いわけじゃなくて、単に家系の問題だ」

いろいろと聞かれたくなくて、アルフレッドはことさら素っ気ない声を出した。余計なことを言いやがって、とクリスを睨むと、彼ははぐらかすように曖昧な笑みを見せる。相変わらずなにを考えているのかわからない男だった。

奈々斗はアルフレッドの苛《いら》ついた気配を感じたのか、「そうなんだ」とだけ言って、所在なげにハリーのほうを見た。ハリーは狼耳をぴるぴると動かしながら、尻尾をわざと振ってトントンや豆子をじゃれさせている。

相変わらずガキだな、とアルフレッドは思う。前に会ったのは三年前だが、そのときとなにも変わっていない。穏やかな目でヤスオの首筋を掻《か》いてやっているその横顔に、生まれたてのハリーを愛しげに抱いていた女性の横顔がふと重なって、アルフレッドは目を逸らした。

「……それじゃ、クリスさんとハリーさんと一緒に、アルは国に帰るの？」

「そうできればいいと、私とハリーは思っていますけど」

控えめな奈々斗の声と、のんびりしたクリスの声を聞きながら、アルフレッドはお茶を飲み干した。

「国には帰らないが、ここに長居もしないから安心しろ」

「……そうなんだ」

諦《あきら》めた目をして、奈々斗がちいさく笑った。

「やっぱり、行くところあるんだよね、アルには」

「日本での用もすんだからな」

「うん。そうだよね」

椅子が二脚しかないので立ったままの奈々斗は、俯きかけた顔を無理に上げるようにして言った。

「それじゃ、こうしない？　アル、その格好じゃ出歩けないもん、耳と尻尾がしまえるようになるまで一週間かかるんだよね？　その間はうちにいてよ」

「――べつに、こんなものいくらでも隠せる」

「帽子かぶったりするってことでしょ。それだと、いきなり強い風が吹いて帽子飛ばされたりするかもしれないし。それとも耳とか尻尾って、見られてもいいの？」

「――」

いいわけがなかった。面倒なことになるに決まっているし、たとえ面倒なことにならなかったとしても、この半端な姿を見られるのは屈辱的《くつじょくてき》だ。

自分は人間ではありません、と喧伝《けんでん》して歩く気になど、アルフレッドはなれない。

「そうしてくれるとありがたいですねえ」

クリスが嬉しそうに奈々斗の顔を見る。「私たちもアルフを説得する時間ができますし。まさか、アルフの身を寄せている方が、我々にこれほど好意的だとは思わなかったので、私としても嬉しいです」

「俺、犬が大好きなんです」

「俺は犬じゃない」

ぼそっとアルフレッドは口を挟んだが、奈々斗もクリスも聞いていなかった。

「アルが掃除も修理もしてくれたから、一〇三号室も使えます。よかったらクリスさんとハリーさんも泊まってください。ごはんも、みんなで食べると賑やかでいいし」

「それはありがたい。ではお言葉に甘えて」

にこにこしながら握手を交わす二人を見て、アルフレッドはまたため息をついた。

（仕方ない。夜にでもこっそり抜け出すしかないか）

そう思いつつ、「じゃあ買い物に行きましょう！」と嬉しそうに言う奈々斗を見るのは複雑な気持ちだった。

能天気にもほどがあるだろう、と思う。普通の人間は——百年前ならともかく、二十一世紀になろうという現代の人間は人狼などというあやしげな存在を真に受けたりしないし、実際に見てそれがどういう生き物かわかってしまえば、危険な生物として忌避《きひ》するものだ。人狼の長い歴史はずっと、人間から迫害されてきた歴史でもある。

それを、言うに事欠いて「触りたい」だの「泊まってくれ」だの「犬が好き」だの——狼は狼であって、近しい種族とはいえ犬ではなく、人狼は獣ですらない、ただの化け物だ。

（化け物なんだぞ、奈々斗）

その気になればいつでも奈々斗をずたずたに引き裂くことができる。血の一滴も零さず食べてしまうこともできて、そうやって人を殺《あや》めることを厭《いと》うアルフレッドですら、狼の姿をとってしまえば、我を忘れてしまうのだ。

じわりと牙《きば》が疼《うず》いた。

無惨に壊された建物、呆然と見上げてくる幼い目、息絶えた冷たい身体――忌まわしい、普段は思い出さないようにしている記憶が蘇《よみがえ》ってきて、アルフレッドは舌打ちしたくなる。

「アルも一緒に買い物行こうよ。荷物が多くなると思うから、手伝ってくれない？」

「それでしたら、私とハリーは留守番していますよ。ハリーはどうせ日本語がわかりませんし、耳と尻尾のこともありますし。それに、犬たちの面倒を見ておいたほうがいいでしょう」

「ありがとうございます、クリスさん。アル、俺のフードつきのパーカー貸してあげる」

喜びに頬を赤くして、奈々斗はそっとアルフレッドの腕に触れてくる。服ごしにもてのひらがあたたかいのがわかって、アルフレッドは黙って立ち上がった。

勧められるままもう一度服を着替えて耳を隠し、表に出る。

「今夜はチャーハンでいいかな？　あれだったらまとめてたくさん作れるよね？」

弾むように歩きながら、奈々斗はうきうきした声を出す。眩しそうに見上げられて、アルフレッドは逃げるようにかるく顔を背けた。

「鷲坂だっけ？　偉い人の秘書だとかいう男も言ってただろう。知らない人間をほいほい泊めるのは感心できないぞ」

「知らない人じゃなくて、アルの仲間の人でしょ？」

「余計に駄目だろう」

「なんで？」

きょとん、と奈々斗は首を傾げる。本気で不思議そうな丸い目を見下ろして、アルフレッドは再び顔を背けた。

「人狼と人間は相容《あいい》れない生き物だぞ。狼の姿には自分の意志でもなれるが、強い怒りとか悲しみとか、感情がコントロールできなくなったときも変身してしまう。で、狼になってしまえば、どっちにしろ理性は長く保《も》たない。――おまえなんか、一瞬で殺せる」

「……そういえば、狼人間って、たいてい悪者みたいにして出てくるもんね、童話とかだと」

すっと寂しげな声になって、奈々斗はまたアルフレッドの腕に触れた。確かめるように撫でた手はすぐに離れて、「でも」と彼は呟く。

「でも、アルは全然悪者には見えないよ。ごはん作ってくれるし、家を修理してくれたり、散歩手伝ってくれたりとかさ。日本に来た理由だって、アマンダさんに形見を届けるためでしょう？」

「――」

「本当に悪い人だったら、そんなことしないと思う。だから、アルが狼でも人間でも関係ないよ」

ふわ、と奈々斗は笑った。曇りのない、明るく澄んだ瞳だった。

「それに、狼になったアル、黒くて綺麗で、かっこよかったもん。トントンのこと、庇《かば》ってくれたんだよね」

「……たまたまだよ」

短く言って、アルフレッドは足を速めた。

奈々斗は本当に馬鹿で能天気だ――そう思うのに、心臓が、またとくとくと音をたてている。さっきよりも穏やかに、けれどいつもより確実に速い速度で、胸の内側を叩いていた。

(狼でも、人間でも、か)

口先だけでなく、本当に奈々斗はそう思っているのだろう。あんな目をして――まるで美しい生き物でも見るみたいに、目を輝かせて。

軋むように胸が痛む。

「待ってよ、アル！」

小走りに、かろやかに奈々斗がついてくる。当たり前のようにすぐ隣に並ぶ小柄な身体を盗み見て、アルフレッドは奥歯を噛みしめた。

ずっと昔にも、似たようなことを言ってくれた人はいた。あなたが狼でも好きよ、と優しく微笑まれて、きっと幸せにしよう、幸せになれると信じられた。それが叶うはずのない幻想だとも知らずに。

脳裏《のうり》に血で汚れた姿が浮かんで、アルフレッドはすぐにそれを追い払う。

もう同じ過《あやま》ちを繰り返すわけにはいかなかった。


新しく買った二組の布団を一〇三号室に運び、ハリーとクリスはそこに泊まることになった。

ハリーは「奈々斗ってすごくいいやつなんだな」と感激していて、夕食の席も驚くほど和《なご》やかだった。殺せばいいんです、などと言う男とも親しげにできる奈々斗は意外とすごいやつかもしれないと考えつつ、アルフレッドはほとんど喋らずに団らんの時間を乗り切り、早々に一〇二号室に引き上げた。

眠らずに明け方を待ってアパートを抜け出すつもりだったのだが、十二時を回る前に隣の部屋のドアが開く音がして、アルフレッドはうんざりして顔をしかめた。

またボスが忍んでくるのだろう、と思ったとおりに、犬の気配がする。

しかも今日は一匹ではなく複数――ヤスオとヒメも一緒だ。そして、厄介《やっかい》なことに、奈々斗も一緒だった。

そうっと音をたてないように奈々斗が戸を開けて、それでも軋んでしまう音に首を竦めている。犬たちはドアの外で立ち止まり、意味がないのに足音を忍ばせて部屋に入ってきた奈々斗は、アルフレッドが布団の上に座っているのに気づいてぱっと頰を染めた。

「アル、起きてたんだ？」

「なにか用か？」

「用っていうか……眠れなくて」

Tシャツの裾を指でいじりながら、奈々斗は言いにくそうに切り出した。

「一緒に寝たら、駄目？」

おまえは赤ん坊か、とアルフレッドは目眩がしそうだったが、きちんと閉まっていないドアの隙間からボスが覗き込んで、こそっと『頼む』などと言うので長々とため息をついてしまった。

「昼間も言っただろう。人狼は安全な生き物じゃないって」

「でもアルは優しいもん」

「勝手に決めるなよ」

「じゃあ、今日だけでもいいから」

追い払うように手を振ったアルフレッドに、奈々斗は食い下がった。「だって、一週間したらアル、いなくなっちゃうんだよね。――だから」

だから、の意味が全然わからない。だいたい、夜明け前にはここを出たいのだ。

そう思いながら、ちらりとアルフレッドはドアのほうを窺《うかが》った。ボスはしおしおと首を下げている。

《奈々斗は、毎晩よく眠れていないんだ。よくない夢を見ているみたいで》

《そうそう。ときどき泣いてるし》

《お布団だってなくて、わたしたちとくっついて寝てるのよ。お布団はアルに貸してるから》

口々に犬たちに言われ、だから俺に一緒に寝ろと？　とアルフレッドは言ってやりたくなる。最初はボスだって「奈々斗を傷つけるな」とか言ったくせに、勝手にもほどがある。

黙ったアルフレッドを上目遣《うわめづか》いで窺うように見て、奈々斗はかぼそい声を出した。

「部屋の端っこでも、俺いいよ。……ここで寝ちゃ駄目？」

「しつこいな。……わかったよ、布団に入れよ。俺は寝ないから」

「尻尾だけでも一緒じゃ駄目？」

「尻尾だけのほうが駄目だっつうの」

わがままな甘えたがりめ、とアルフレッドは奈々斗を睨んだが、奈々斗がしょんぼりしたまま見つめ返してくる視線に負けて、結局仕方なく布団をまくった。

「一晩添い寝な。あとで後悔しても知らないぞ」

「……ありがとう」

ほっとしたように奈々斗が布団にもぐり込む。その隣にアルフレッドが身体を横たえると、奈々斗は控えめに頭を寄せた。

「あったかいね」

「――おまえ、本当によく怖くないよな……」

ほっとしたようなやわらかい奈々斗の声がくすぐったい。全然怖くないよ、と鼻先をすり寄せられて、さっきとは違う種類の目眩がした。

わずかに触れあった場所から伝わる奈々斗の体温が、奥底に閉じ込めたはずの身勝手な欲望を刺激する。奈々斗はよく喋る能天気な子供でしかないはずなのに、ただ近くにいるというだけで、じわじわと落ち着かない気分だった。

(手近にあるからってなんでもいいのかよ……)

自分で自分の本能に嫌気が差す。食欲も性欲も、そうして破壊欲さえも、狼でいるときはコントロールができないのだ。

何度苦い思いをしただろう、と思いながら、アルフレッドはほとんど無意識に息を吸い込んだ。奈々斗のうなじのあたりからは、ほんのりとミルクのような匂いがした。

「アルって、世界中を放浪してるんだってね。六カ国語話せるとか、人狼がすごく長生きで、三百歳で死ぬと早死になくらいって本当？」

アルフレッドの鎖骨《さこつ》のすぐ下あたりに顔を寄せて、奈々斗が囁《ささや》いた。やわらかい髪が顎《あご》に触れてくすぐったい。

「クリスが喋ったな。……本当だよ」

「どうして故郷に帰らないの？」

「いい思い出がないから」

「……寂しくない？」

そう聞く奈々斗の声のほうが、ずっと寂しそうだった。

「俺は寂しくない」

「そっか……俺がアルだったら、きっと寂しいけど、アルは強いんだね」

控えめに言って、奈々斗はそうっとアルフレッドの胸に手を置いた。鼓動《こどう》を確かめようとするように耳までぴったりつけて、奈々斗は目を閉じて呟く。

「どうしたら強くなれるんだろう」

アルフレッドは黙って奈々斗を見下ろした。身体を丸めるようにして自分に寄り添った奈々斗はやはり小さい。すっぽりと腕に抱き込んでしまえそうな大きさで、肩も腹も薄い。そうして、ぴったり押しつけられた身体は熱いほどあたたかかった。

「俺ね、しばらく、ごはん食べられなかったんだよ。一人になって火事があって、ここに引っ越してきて——三日くらいは、全然なにも食べられなくて。でも犬がみんなしょんぼりしてるから、これじゃ駄目だと思って、バイトもはじめて、ごはんだけはちゃんと食べよう、って決めたんだけど、料理作るのって大変なんだよね」

奈々斗はそこにアルフレッドがいることを確かめるように、そっとてのひらを滑らせてくる。子供の仕草だ、と思いながら、アルフレッドは壁のほうに視線を逸らした。

そうしていないと、どうしようもない事態になりそうだったのだ。

これは子供で、面倒なだけの生き物なのだと言い聞かせる。甘くていい匂いだ、などと思うのは今自分が半端に本能が剝き出しなせいで、つまりは気のせいだ。

奈々斗はおかまいなしにほうっとため息をついて、いっそう身体を押しつけてくる。

「掃除も洗濯も、税金とか契約とかも、生きていこうと思うとやることってすごくたくさんあって——これを、全部母さんと父さんがやっててくれたんだなあって、すごくありがたかったんだなあって、思った。なのに、俺ありがとうって言わなかったし、そもそもそういうのがありがたいんだなんて、ちっとも気づかなかったからさ」

「——」

「今度は、誰かにありがとうって言われるような、いろんなことができる人間になれたらいいなって思うんだ。全然、なんにもうまくできないんだけどさ。まだ」

恥ずかしげにちいさく笑う息が服ごしにもくすぐったい。なんてめんどくさいガキなんだ、と罵りたくなりながら、アルフレッドは尻尾を持ち上げた。

本当は寂しくて寂しくて仕方ないくせに、強がったりして……強がるなら最後までそのままでいればいいのに、こんな頼りない仕草で懐かれたら、邪険にしたほうが悪いみたいだ。

そう思いながら、長い尾をくるりと奈々斗の腰のあたりに巻きつける。それから「居心地が悪いから」と言い訳をして、片腕を彼の背中に回した。

ひくん、と一瞬強張《こわば》った奈々斗の身体から、ゆっくり力が抜けていく。

「……アル、尻尾がふかふ――」

「飯くらいならすぐうまく作れるようになるさ」

素っ気ない早口で、アルフレッドはなにか言いかけた奈々斗を遮った。奈々斗はくふん、とちいさく笑ってから、耐えかねたようにきゅっとアルフレッドの服を握った。

「上手になったら、アルに作ってあげたいけど、俺がうまくなる頃には、きっとアルはいないよね」

「――」

「自分でも馬鹿みたいって思うんだけど、ごはん作るの失敗するとほっとするんだよ。ああ、母さんのごはんおいしかったなあって思い出せるから。でも……ほんとはもう、いい加減、慣れないといけないよね」

半ば囁くような声は少し掠《かす》れていて、眠そうにも聞こえた。あるいは――気のせいでなければ、涙ぐんでいるのかもしれなかった。じんわり熱い顔を押しつけて、奈々斗は繰り返す。

「強くならなくちゃ。一人でも……強く、ならなくちゃ」

掠れて湿っぽい声を出す奈々斗の髪に、アルフレッドは迷った末に触れた。指先でほんの少しだけ撫でて、思った以上に心地よい手触りにいたたまれず、乱暴にかき回す。

胸の底が熱い。きつく抱きしめるか一息に殺すかしてしまいたいような――やるせない熱が身体の奥を焼いている。

「――奈々斗はそんなに弱くないよ。ガキなだけで」

「そっかな。じゃ、早く大人になればいいんだね」

「人間はすぐに大人になれる」

「そう？　だといいなあ」

ちいさくすすり上げて、それでも奈々斗は笑った。頑張るね、と小声でつけ加えられた台詞に、

「俺に言うことじゃないだろ」と思いつつ、アルフレッドはもう一度だけ奈々斗の頭を撫でた。

「もう寝ろ」

「……うん。おやすみ、アル」

囁くような奈々斗の声を聞きながら、ほだされたわけじゃない、とアルフレッドは自分に言い聞かせた。

すぐに泣く寂しがりやの子供なんて最悪だ。アルフレッドに嫌な過去ばかりを思い出させるし、甘えて人の気持ちを占めたあげくに、彼らはすぐに死んでしまう。春の花よりもあっけなく、秋の蝶のように儚《はかな》く簡単に。

だから、たとえどんなに頬がやわらかそうでも撫でるべきではない。ゆるく結ばれた唇は舐めればきっと甘いけれど、肌はかるく噛めば心地よいだろうけれど。

二度と、生物としてはかよわすぎる人間に、心を許したくはなかった。

日本の夏というのは、気温が高いだけでなく湿度も高いのだ、と奈々斗が教えてくれたが、環境としては最悪だとアルフレッドは思う。暑いだけでも充分に不快なのに、べたべたして気持ち悪いしいらいらするし、じめっとしているのに喉は渇《かわ》く。

「あっついねー。まだ五月なのに」

ぱたぱた、と半袖のTシャツの裾をはためかせて奈々斗が笑って、アルフレッドは目を逸らした。

言葉ほど暑さを疎《うと》んじているわけではないらしい奈々斗は楽しそうだ。

アパートの近くの公園は木が多く、木陰のベンチにアルフレッドと奈々斗は座っていた。足下には暑さに比較的強い犬たち——柴犬のみかんとパピヨンの豆子、トントンとヤスオがいる。ヤスオとみかんは寝そべっているが、若くて元気な豆子とトントンは、さっきからなにが楽しいのか二匹でじゃれていた。

「みんな元気だなー。アル、喉渇かない？」

身をかがめてみかんの背中を撫でながら見上げてくる奈々斗に、アルフレッドは立ち上がった。

「喉が渇いてるのはおまえだろ。なにか買ってくる」

「え？」

「待ってな」

驚いた顔をする奈々斗にリードを渡して、アルフレッドは「この一週間だけ」という呪文《じゅもん》を何度も唱《とな》えながらコンビニに向かう。

耳と尻尾が出しっぱなしになって、今日で二日目。しまえるようになるまでの間だけ、ちょっとだけ奈々斗に優しくするのだ。きっとそうしたほうが、別れるときも楽なはずだから。

クリスの言うとおり「薬の効き目の期間」がぴったり一週間なら、あと五日。トータルしても一緒に過ごした時間は一月にも満たない。たった一月で情が移るほど、アルフレッドは他人を好きだとは思えないから、奈々斗さえ元気になればいい。

一度にいろんなものをなくせば誰だって寂しくもなる。けれど奈々斗自身も言ったように、犬に囲まれていて、親切にしてくれる人もいるのだから、すぐに寂しさは癒《い》えるだろう。友達だっているだろうし、バイト先でもきっと奈々斗をかまってくれる人間はいるはずだから、立ち直ってしまえばアルフレッドのこともすぐに忘れていく。

決してほだされたとか、人狼だと知っても態度を変えない奈々斗が少しだけ嬉しいとかではない。後味が悪いのは嫌だから、早く立ち直らせるためなんだ、それだけだ――と、誰も聞いていないのにぶつぶつ言い訳をして、アルフレッドはコンビニでソフトクリームとアイスコーヒーを買った。日本のコンビニはなんでもあって、カウンターで注文するとソフトクリームが出てくるのだ。コーヒーも日用品も野菜も果物《くだもの》も、インスタントの食べ物も総菜《そうざい》もある。この便利なのはいいよなあ、としみじみ思いながら公園に戻ると、アルフレッドを見つけた奈々斗がぱっと立ち上がるのが見えた。

「ソフトクリーム買ってきてくれたの⁉」

「嫌いだったか？」

「ううん、大好き。でも食べるのすごく久しぶりだよ。何年前に食べたかな、って感じ」

目をきらきらさせてソフトクリームを受け取った奈々斗は、ぺろりと白いクリームを舐めてふんわりした表情になる。

「甘い！」

「……芸のない感想だな」

アイスの類《たぐい》は甘いに決まってるだろ、と思いつつ、アルフレッドは自分用に買ったアイスコーヒーをすすった。奈々斗は嬉しそうに笑う。

「だってほんとに甘いんだよー。アルも食べる？」

「――いや」

「甘いの嫌い？」

「嫌いじゃないけど」

「じゃあはい。あーん」

あーんじゃねえよ、と思ったのに、目の前に差し出されると無下《むげ》にするのも気がひけた。アルフレッドは諦めて口を開け、冷たいクリームを一口食べた。

《いいなー、ちょーだいちょーだい》

トントンと豆子が膝に飛びついてくる。「おまえらは駄目だ」とアルフレッドは頭を撫でてやる。

「ヤスオとみかんを見ろよ。おとなしくしてるだろ。もらえないのがわかってるんだ。おまえらも覚えろ」

《でも食べたい》

「でもじゃない。犬は駄目」

えー、とつまらなそうにトントンが拗ねる。豆子のほうは諦めがついたらしくぺたりと地面に座って、そちらの頭を撫でてやったところで、アルフレッドは奈々斗が微笑ましそうに見ているのに気づいて顔をしかめた。

「アルって犬がほんとに好きなんだね」

「……もう何回言ったか覚えてないけど、嫌いだよ犬なんか」

「嫌いな人はそんなふうに撫でないよ」

笑って奈々斗は溶けかけてきたソフトクリームを舐め取った。

「俺にもすごく優しいし……アルは、優しい人だよね」

「奈々斗の気のせいだ」

ひらめいた奈々斗の赤い舌にどきりとして、アルフレッドはことさらぶっきらぼうな声を出した。

奈々斗はアルフレッドの動揺にも気づかず、「優しいよ」と笑う。

「これで尻尾と耳に触らせてくれたらもっと優しいのにな！　今だって隠しちゃって、もったいない」

「出すわけにはいかないだろうが」

「家でも出してないじゃん。せっかくクリスさんがズボン改造してくれたのに」

尻尾も耳も可愛いのになあ、とつけ加えられて、アルフレッドはむっつりして赤い顔を背けた。

平日の午前中、公園には幼い子ども連れの母親が多い。ブランコや滑り台で遊ぶ声が風に乗って届いて、いかにも平和な光景だった。ニット帽をかぶり、尻尾は服の中に押し込めたアルフレッドは、奈々斗と一緒のせいか犬連れのせいか、幸いにもまったく目立っていなかった。

「俺、犬の一番可愛くて素敵なところって、耳と尻尾だと思うんだけどなあ」

奈々斗はソフトクリームを食べながら、一番近くにいるヤスオの頭を撫でる。

「耳も尻尾もよく動いて、今どんな気持ちなのかわかるし。あとは舌とか牙も好き」

「牙？」

「うん。おっきくて尖ってるじゃない？　なのに、嚙まないでいてくれるんだよ。触るとすべすべだし」

大きく頷く奈々斗は、真剣にそう思っているようだった。変なやつ、とアルフレッドは思う。人間を嚙む犬だってたくさんいるだろうに。

(――嚙む狼はもっとたくさんいるし、人狼は嚙まないほうが珍しいぞ)

そう言おうとして、アルフレッドは結局呑み込んだ。口にすれば嫌な記憶がより強く思い出されるだけだし、嬉しそうな奈々斗に水を差す必要もない。

「奈々斗は本当に犬が好きなんだな」

「うん、好きだよ」

呟いたアルフレッドに、奈々斗は朗らかな笑みを向けてくる。

「ボスとジョンとヤスオはうちで飼ってた犬で、トントンは病院に持ち込まれたのを可哀想だからって父さんが引き取ったんだ。みかんは病院で飼ってて、豆子とヒメは、父さんたちが亡くなるまえに、保護団体から引き取った子で、病院でしばらく暮らしてたんだけど——田畑さんのおかげで誰もよそに預けたりしないでよかったから、ほんとにラッキーだよね」

「でも、一人で七匹は大変だろう」

「大変だけど、やっぱり好きだもん」

甘やかしてくれそうな気配を察したのだろう、膝に飛び乗った豆子とすり寄ってきたみかんを撫でて、奈々斗は優しい顔をした。

「うちには小さい頃から動物がいたから、いるのが当たり前なんだよね。小学生の頃は、飼ってた子が死ぬのが嫌で嫌で、めちゃくちゃ泣いたけど——今でも、誰かが死んだらすごく泣くと思うけど、でもいないほうが寂しいもん」

ねー、とみかんの顔を覗き込んで奈々斗は言い、それから照れたように頬を擦った。

「田畑さんには、ほんとに犬が好きなんだな、お母さん似なのかお父さん似なのか、って笑われるんだけどさ。明日会ったら、ちゃんと人間の友達も新しくできました、って言ってくる」

「会うのか？」

ソフトクリームの最後の一口を食べ終えた奈々斗をやっとまともに見てアルフレッドが聞くと、奈々斗は「大丈夫だよ」と微笑んだ。

「アルが狼だとかは言わないよ。ただ、鷲坂さんから連絡がいったみたいで、新しい友達について教えてほしいって、心配してるみたいだったからさ。安心してもらうために、アルのいいところをいっぱい教えてくる」

「いいところをいっぱいって、たいして一緒にいるわけでもないだろ」

アルフレッドは顔をしかめて、奈々斗の頬に手を伸ばした。白いクリームが少しだけついていて、見ていられなかった。

拭《ぬぐ》った途端、ぱあっと奈々斗が赤くなる。

「な、なに？」

「ついてた」

「……そ、そっか。ありがと」

言いにくそうにちいさな声で言って、奈々斗は自分でも頬を擦った。赤く染まった頬を隠すように片手を口元に当てて俯く仕草に、アルフレッドまで恥ずかしくなってくる。

「恥ずかしがるくらいなら、ソフトクリーム顔にくっつけたりするなよ」

「だって——急にアルが触るから、びっくりしたんだよ」

「おまえが照れるとこっちまで恥ずかしいだろうが」

「て、照れてないもん！　アルのほうが――」

目元まで赤くして奈々斗はアルフレッドを見、すぐに顔を逸らした。

「アルがあんまり優しいから、ちょっとびっくりしただけだよ。ありがと」

しおらしいような声で言われて、アルフレッドはぶっきらぼうに「おう」とだけ返した。奈々斗は脚を揺らして、気を取り直すように呟く。

「確かにアルとは少ししか一緒にいないけど、アルのいいところはいっぱいあるよね。ごはん作るのが上手だし、優しいし、犬が好きだし、かっこいいし、親切だし――面倒見も、いいし」

「そんなにいい人間じゃない」

「そうやって、謙遜《けんそん》ばっかり」

唇をかるく尖らせて、奈々斗は思い切ったようにアルフレッドのほうに身を乗り出した。まだほんのり赤い、真剣な顔を近づけた奈々斗に、思わず目が吸い寄せられる。

「すごくいい人だし、いい友達だよ。――ずっと友達でいられたらいいなって、俺は思ってる。もしアルが外国に行っちゃっても、手紙を交換したりとかさ」

そう言いながら躊躇《ためら》いがちに手に触れられて、アルフレッドは遠くの子供の声に気をとられたふりをして逃げた。

「日本語は話せるけど書けないからな」

気のない様子を装ったアルフレッドの声音《こわね》に、奈々斗は焦るような、苦しそうな顔をする。

「英語でもドイツ語でもいいよ、俺が勉強すればいいもん。文章書けるようになるまでは、写真だけ印刷して送ってもいいし」

「……」

「——アルが読んでくれるだけでも、いいよ」

縋《すが》るような声に、アルフレッドは言葉を返せなかった。住所がいつも同じとは限らないから難しい、と一見まともな言い訳をするか、あるいはきっぱり「手紙なんか迷惑だ」と言うか、もしくは口先だけでも「嬉しいよ」とでも言うべきか。

迷う間に、奈々斗は急にベンチから立ち上がった。

「やばい、そろそろ帰らなくちゃ。バイト、今日は早いんだ」

「昨日も遅かったのに、大変だな」

ほっとして立ち上がり、アルフレッドはトントンとみかんのリードを握った。残りの二頭のリードを持った奈々斗はからりと笑う。

「ちょっと増やすつもりなんだ、慣れてきたから。田畑さんからもらったお金は使いたくないし、保険金もできればとっておきたいから」

がんがん稼がないとね、と奈々斗は握りこぶしを作ってみせて、「行くよ！」とリードを引く。

「――変なこと言ってごめんね、アル」

背を向けたまま、奈々斗が呟いた。なんでもないように装ったその声が硬いことに気づいて、アルフレッドはため息を呑み込んだ。

「べつにいいよ」

傷つけたな、と思うと、少しばかり後味が悪い。

だが、アルフレッドにできるのは、一週間限定の優しさを与えることだけだ。恋人はもちろん、人間の友達など作る気はなかった。大切なものをなくさないためには、大切なものを作らずにおくのが最良の手段だから。

節度を保って甘やかすというのもなかなか難しいな、と考えるアルフレッドを、奈々斗は思い出したように振り返った。

「今日も夜ごはん楽しみにしてる！　すき焼き、よろしくねアル」

さっきの苦しげな――寂しげな、縋るような表情などまるでなかったかのように、奈々斗は大げさなほどにんまり笑ってアルフレッドの腕を叩いてきて、アルフレッドも「わかったよ」と笑ってみせた。

大勢いないとできないメニューがいい、という理由で奈々斗のリクエストしたすき焼きは、クリスとハリーにも好評だったし、アルフレッドもなかなかおいしい、と思った。スーパーの女性に作り方を聞いてきてよかった。

洗い物を一緒にやるクリスと奈々斗を眺めながら、手近な犬用クッションを抱きしめたハリーがちいさな声で聞いてきた。

「なあアルフ、もしかして帰りたくないのって、奈々斗のせい？」

「――なんでだよ。そんなわけないだろう」

ドイツ語でよかった、と思いながらアルフレッドはハリーを睨んだ。ハリーは「だってさ」と唇を尖らせる。

「アルフって人間と暮らしはじめると、人間が死ぬまで一緒じゃん。今まではさ。だから、奈々斗と暮らすことにしたんだったら、時間かかりそうだなって思っただけ。まだ一緒に暮らすって決める前ならよかったよ」

「決める前でも、国には帰らない」

「母さんの墓参りだけでもしてくれればいいのに」

低いアルフレッドの声に、ハリーは恨《うら》めしそうな顔をする。

「母さん、もう一度アルフに会ってお礼が言いたいって言ってたのにさ、あんたが全然帰ってこないから死んじゃったぞ」

「人間はすぐ死ぬんだ。それに俺の母親でもないし、べつにいいだろ」

冷ややかに言いながら、我ながらひどい言い方だなとアルフレッドは思った。ハリーもわずかに顔をしかめて、「そうだけどさ」とクッションを抱きしめ直す。

「俺も母さんも感謝してるよ。あのまま人間の中で育ってたら、俺も母さんも大変だったと思うから、アルフが組織のこと教えてくれて、入れてよかったと思う。――だからさ、アルフが長になったら、もっと不幸せな人狼が減るかもしれないわけじゃん？」

「誰も人間の女を孕《はら》ませなければ、もう人狼が生まれないから組織もいらない」

「ていうか、アルフがそんなんだから、ずっとみんな遠慮してて、あんま子供生まれてないじゃん……俺たち、滅びちゃうぞ」

同族意識の強い人狼は階級意識もはっきりしているから、本来であればトップであるはずのアルフレッドが子供を作らないせいで、『暗い森の環』に属する人狼は減り続けている。それでいい、とアルフレッドは思う。

人狼にメスはいない。だから、人狼たちはみな人間と恋に落ち、違う時の流れと、種としての違いに苦しまねばならないのだ。

孤独で忌まわしい化け物は、これ以上生まれてこないほうがいい。自分のように愛した人を深く傷つけたり、殺してしまったり、たとえそうならなくても生まれた子どもがオスならば、彼女も子供も人の世では暮らしていけない。

「滅びたほうがいいだろ」

目を眇《すが》めてうっそりと呟いたとき、「なんの話？」と奈々斗がやってきた。

「今のってドイツ語だよね？　俺も大学の語学ではいちおう講義とってたんだけどなあ」

「なんなら通訳してあげましょうか？」

奈々斗の後ろからエプロンをしたままのクリスが顔を出して、アルフレッドは本気でじろっと睨んでしまった。

「やめろ」

「冗談ですってば」

「内緒《ないしょ》話なんだ？　いいなあ仲良くて。ハリー、触ってもいい？」

奈々斗はたいして内容が気になったわけではないらしく、膝をついてハリーの顔を覗き込む。少しずつ日本語の単語を覚えはじめたハリーは「ドウゾ」と笑って頭を差し出した。

「わーい。ふふ、短いところはすべすべだねー」

奈々斗は嬉しそうにハリーの狼耳を撫でる。ふさりと毛の長い根元を上手に掻くと、気持ちよさそうにハリーが目を細めて、アルフレッドは顔を背けた。

「羨《うらや》ましいなら、アルフもやってもらえばいいじゃないですか」

クリスがまた余計な口を挟んできて、奈々斗がぱっとアルフレッドのほうを向く。

「触らせてくれる!?」

「却下《きゃっか》」

「……けち」

「けっこう気持ちいいよ、アルフもやってもらえば？」

「きっとアルフは照れてるんですよ。よかったら夜、寝るときに掻いてあげてくださいね、奈々斗さん」

「うるさいよ」

勝手なことを言うハリーとクリスを順番に睨み、最後に奈々斗を見ると、奈々斗はほんの少し寂しそうに首を傾げる。

「触らないから、また夜一緒でもいい？」

「――」

駄目、と言えたらよかった。こんな衆人環視《しゅうじんかんし》で「うんと言え」の圧力を、犬七匹と人狼二匹からかけられていなければ、「夜くらい一人で寝ろ」と言えたのに。

「…………布団ないんだろ。しょうがないから、一緒でいい」

これもあと五日だけだからなと内心で唱えながら、アルフレッドは立ち上がった。

「風呂入る」

「あ、俺も一緒に入ろうかな。アル、背中流してほしくない？」

「男二人で入れる広さじゃないだろ！」

わくわくと立ち上がりかける奈々斗を叱《しか》って、狭いバスルームに立てこもると、自然と大きなため息が漏れた。

ものすごく似合わないことをしているな、と思う。

団らんだとか、和気あいあいとか、そういうものは苦手なのに——耳を澄ますと、たいして防音効果のないドアの向こうから、クリスと奈々斗の和やかな声が聞こえる。

「アルフは恥ずかしがりやさんですからね。奈々斗さん、落ち込まないでください」

「落ち込んでないよ、大丈夫。そっかあ、アルは恥ずかしがりやなのか。言われてみたら、そんな感じだよね。すごくぶっきらぼうな言い方するし、目つきも怖いけど、毎日ごはん作ってくれるし、犬たちにも優しいし」

「アルフが楽しそうなので、私もほっとしました。本当は早いところ組織に戻ってもらわないと困るんですけど、まあ『黒い森の環』なんて今やたいした実体があるわけでもありませんしねぇ」

二人の声と、犬たちの眠そうな気配。ハリーはジョンの背中を撫でていて、ジョンは気持ちよさそうだった。

変な光景だよなと思う。人間と犬と、半分狼と。まるで仲のいい仲間みたいに、狭い部屋でくつろいでいる。

きゅっと胸の奥が捩《よじ》れて、アルフレッドはそれを無視した。寂しくも羨ましくもない。誰かとべたべたするなんてごめんんだ。

シャワーを浴びる間に冷静になることはできたが、そのまま隣の部屋に行くと、三十分と経たないうちに奈々斗がやってきた。

「アル、もう寝ちゃう？」

「寝る」

「犬っていっぱい寝るもんね」

納得したような顔で頷いて当然のように布団にもぐり込む奈々斗を、アルフレッドはじろりと睨んだ。

「俺は犬じゃないって言ってるだろう」

「そう？　じゃあ、眠くない？」

「眠くない」

「俺も眠くないんだよね。はい、入って入って」

ぺろんと布団をまくり上げて呼ぶ奈々斗に、眠くないって言ってるのに、と思いつつ、アルフレッドは結局黙って身を滑り込ませた。あと五日、だ。

決めたことは守るだけだと修行僧のような心境で仰向けになったアルフレッドに、うつぶせになって頬杖《ほおづえ》をついた奈々斗が顔を向けてくる。

「眠くないから、なんかアルの話してよ。どんなところに住んだことあるの？」

「そんなの聞いてどうするんだ」

「どうするって、知りたいんだよ。ほら、明日田畑さんに話すにしてもさ、よく知ってたほうが気持ちをこめて『アルはいい人です』って言えるじゃない？」

にこりとされて、アルフレッドは仰向けのまま天井に視線を向けた。

「いい人エピソードなんかないぞ」

「なんでもいいよ、アルのことが聞きたい」

頬杖をついたまま器用に首を傾げて奈々斗が笑う。甘ったれやがって、と思いながらアルフレッドは手を伸ばした。

細い奈々斗の肩を引き寄せて、胸に抱き込み、サービスで尻尾も巻きつける。

「自分の話はしないことにしてる。ほら、寝ろ」

ぽんぽん、と赤子にするように背中を叩いてやる。だが、奈々斗は幸せそうに目を閉じたくせに、聞き分けがなかった。

「じゃあ、なにか昔話とかして」

「そんなの聞きたがるのは幼稚園児だぞ」

「そうだね、幼稚園の頃は母さんが絵本とか読んでくれた」

邪気のない声で言われて、アルフレッドのほうが気まずくなった。もしかして、両親の話を出せばアルフレッドが折れるとわかっているのではないか――と疑いたくなるが、たぶん奈々斗に限ってそれはないのだろう。

仕方ないな、とため息をついて、アルフレッドは奈々斗の頭に鼻先を近づけた。安心しきったトントンと同じくらい、無防備に自分の腕の中に収まった奈々斗はやわらかくてあたたかい。成人した男子がこんなにいい匂いでいいのだろうか、と心配になるようなふんわりした懐かしい匂いを吸い込んで、アルフレッドは口をひらいた。

「むかしむかしあるところに」

「むかしむかしあるところに？」

おかしそうに、奈々斗が繰り返す。黙ってろ、と言うかわりに背中を撫でて、アルフレッドは続けた。

「――あるところに、花売りのケチなばあさんと、しょぼくれた若い男が暮らしていました。ばあさんは花を売るかたわら、ちまちまと人を騙しては小金を稼いで、その金をみみっちく貯めていました。――男は、すぐに死にそうなばあさんからその金をせしめるつもりで、彼女とともに生活するようになったのです。ばあさんのほうも、若い女を騙すのに若い男がいるのはちょうどいい、と言って、男に食べ物を分けてくれました。ヨーロッパの小さい田舎町《いなかまち》を転々としながら、花を売ったり小金を稼いだりする毎日はけっして豊かでも、めぐまれてもいませんでしたが、ばあさんは心なしか楽しそうでした」

口にすると、すっと冷たいヨーロッパの冬の空気が思い出される。しんしんと冷える古いぼろ屋で寝起きしていた老婆《ろうば》は、小さなお菓子の缶にお金を入れて、一日に一回、大切そうに撫でていた。

「……しかし、数年経つと、もともと肺を患《わずら》っていたばあさんは風邪をひいて倒れてしまいました。体力のない自分の身体のことはよくわかっていたのでしょう、彼女は貯めていたお金で上等な肉や酒を買い、最後の晩餐《ばんさん》だと言って男と一緒に食べました。貯めていた金は本当にわずかで、贅沢な食べ物を買うとそれですべてなくなりました。その豪華な食事さえ、老婆はもうほとんど食べられず、黙々と平らげる男を羨ましそうに眺めて、最後に笑いました」

ぎゅ、と奈々斗の手がアルフレッドの腹あたりの服を握る。じっと息を殺しているのを感じながら、アルフレッドは目を閉じた。

――ここはあたたかい。

記憶はこんなにも冷たいのに、ここはあたたかい。

「――『おまえは悪い子だねぇ』と彼女は言って、枯れ枝のように細い腕で男を抱きしめます。『私が死んだら金を盗むつもりだったただろう。それがなくなってしまったから、そんなに不機嫌な顔なんだね』。そのとおりだったので、男は黙っていました。翌日老婆は死んで、男は老婆を村外れの墓地の、隅のほうに埋めました。――終わり」

素っ気なく締めくくると、奈々斗は顔を上げた。アルフレッドの顔を見上げて、気遣わしげに瞬きする。

「若い男は、そのあとどうしたの？」

「さあ。またどっかで誰か女にたかったんじゃないか？」

言って、アルフレッドは回した尻尾で奈々斗の背中をかるく叩いた。

「もう寝ろよ。つまんない話で眠くなっただろ」

「ううん、いい話だったよ。寂しい話だけど」

「おとぎ話じゃないんだから、『それから二人はずっと幸せに暮らしました』で終わることなんてめったにあるわけないだろ」

「そうかもしれないけど。……でも、おばあちゃんはよかったね」

ぺたりとアルフレッドの胸にもたれて、奈々斗は目を閉じる。

「最後に一緒に過ごす人がいて——埋めてくれる人がいて、きっと嬉しかったよね」

「どうだか」

そうでもなかっただろう、とアルフレッドは思う。老婆は缶の底には自分の娘が幼かった頃の写真を入れていて、彼女が一番愛していたのは、二度と会うことのないその娘だったから——きっと、死ぬ瞬間まで、彼女は孤独だっただろう。

「アル」

ふいに、奈々斗は身じろいだ。手を伸ばしてアルフレッドの首に強引に腕を巻きつけてしがみついてくる。

「いつか、誰かに俺の話もしてね」

しっとりと静かな声に、アルフレッドは目をみはる。奈々斗は慰めるつもりなのか、アルフレッドの髪をつたない手つきで撫でて、それからそうっと狼耳の根元に触れた。

「手紙が送れなくても我慢するから——誰かに、言ってね。日本っていう国で、犬が七匹いて、一人で、けっこう真面目に頑張ってる、可愛くて頼りになる男がいました、っていう話。終わりが『彼はずっと幸せに暮らしました』って終わるように俺、頑張るからさ」

そこを優しく撫でられるのはひどく気持ちがよかった。ぴるぴる、と勝手に耳が動いてしまって、アルフレッドは顔をしかめて奈々斗の手を払いのけた。

「自分で真面目だとか可愛いとか頼りになるとか言うなよ、ずうずうしいな」

呆れたふうを装って言って、それでも結局突き放してしまうことはできず、アルフレッドは奈々斗を抱きしめた。

奈々斗の寂しげな声がなぜ許しがたいほど嫌なのか、アルフレッドももうわかっていた。

奈々斗の寂しさは自分の寂しさによく似ている。

一人きりだ、と噛みしめる、深い孤独のもたらす寂しさを、アルフレッドほど奈々斗は隠しておけない。その溢《あふ》れてしまう感情が、本当は自分にもあったものだと——まだどこか奥底には眠っているのだと知っているから、アルフレッドは「嫌だ」と思うのだ。

嫌だと思いながら、こうして抱きしめずにはいられないのだ——。

あと少しだけだから、と呪文のように唱えているうちになんとか日は過ぎて、明日になれば尻尾も耳もしまえて晴れて自由の身、という日の朝、アルフレッドは心底ほっとした。

明日になればやっとこのアパートを出られる。夜は、奈々斗が「せっかくだからちょっと豪華なごはんにしようよ、お別れパーティでさ！」などと言ったから少し面倒だが、それさえ乗りきればやっと終わる。

最後だから、とアルフレッドはハリーとクリスも動員してあちこち綺麗に掃除して、庭の雑草までむしった。犬は全部散歩させ、しばらくのあいだ奈々斗が食事の支度《したく》が楽なように、ハンバーグの種《たね》もドライカレーも冷凍したし、夜の食事用には覚えたばかりの唐揚げを作り、蒸し暑いときにはいいだろうとガスパチョ風の冷製《れいせい》スープも用意して、あとは奈々斗が帰ってくるのを待つだけ、という状態で待ち受けていると、いつもより少し遅い時間になってやっと、奈々斗が帰宅してきた。

「ただいま……」

力ない声を出して部屋に入ってきた奈々斗は、テーブルの上を見ると無理したように微笑んだ。

「わ、おいしそう……もしかして、待たせちゃった？」

「おまえ、顔が赤いぞ」

「え、そう？」

駆け寄ってきたトントンを抱き上げようとかがみながら奈々斗は首を傾げる。

「そういえばちょっと熱いような気が——」

「奈々斗！」

かがみ込む体勢から前にのめるように奈々斗が倒れて、アルフレッドは慌てて手を伸ばした。「あれ？」と弱々しい声を出した奈々斗の額に触れると呆れるほど熱く、アルフレッドは顔をしかめた。

「熱があるぞ。なんでバイトを切り上げなかったんだ」

「でも、そんなに具合悪くないよ？　なんか、すごいふわふわして……ちょっと疲れてて、眠いけど……」

言っているそばから奈々斗は目を閉じてしまい、まったく、と思いながらアルフレッドは彼を抱き上げた。目配せに頷いて、ハリーが隣の部屋に飛んでいく。

ほどなく運び込まれた布団を奥の部屋に敷いて、アルフレッドはそこに奈々斗を横たえた。

「喉渇かないか？　もし食欲があるなら、スープくらいならすぐ作る」

「ん……お水」

横になって気が抜けたのか、奈々斗は熱っぽいため息を零して頼りない表情をした。

「ごめんね……せっかくごはん、たくさん作ってくれたのに」

「明日の朝でも食えるよ」

クリスが気をきかせて持ってきてくれた水を、奈々斗の頭を支えて飲ませてやる。一杯全部飲み干してしまうと、奈々斗はくたりとして目を閉じた。

「今額を冷やしてやる。どこか痛いところとか、具合悪いところはないか？」

「ちょっと頭が痛い、かも……でも平気。だるいだけ。たぶん寝れば治るよ」

布団を顎の下までかけてやると、奈々斗は自嘲するように笑った。

「風邪かなあ？　もう何年もひいてなかったのに」

「──疲れが出たのかもな」

無理もない、と思ってそっと頭を撫でてやって、アルフレッドはタオルを濡らしてきた。冷たいそれを額に載せてやり、部屋の明かりを消してテーブルのほうに戻ろうとすると、奈々斗の手がすっと伸びた。

「ちょっとだけ、ここにいて」

「──わかったよ」

たぶん、そう言われるだろうと思っていた。むしろほっとしてアルフレッドは腰を下ろし、不安そうに見ていたハリーを振り返った。

「食っててていいぞ。犬にはやるなよ」

「了解。奈々斗、大丈夫？」

「たぶん。──奈々斗、ハリーが大丈夫か、だってさ」

通訳してやって顔を覗き込むと、奈々斗は熱で潤んだ目を瞬《まばた》かせた。

「大丈夫だよ、ありがとう、って言って」

「言っとく」

「アルも、ありがと」

微笑んでまた目を閉じてしまう奈々斗の顔がつらそうで、アルフレッドはそっと彼の手を握り直した。

手は汗ばんで熱く、一晩で熱が下がればいいが、と心配になる。

「材料があれば薬を調合したんですけどねえ。熱が高いようでしたら、明日にでも薬局に行ってきます」

クリスがアルフレッドの肩ごしに奈々斗を覗き込む。奈々斗はびっくりしたように聞き返した。

「クリスさんて、薬作れるの？」

「もともとは薬の調合が専門なんですよ。今じゃ流行《はや》らないので、裁縫でも料理でも家の解体でもなんでもやりますけど」

「アルもいろいろできるよね」

「人狼は、自分たちだけでも暮らしていけないとやっていけませんからね」

「大変なんだね」

「べつに大変じゃない。いいから寝ろ」

苦しそうに息を吐き出すくせにまだ話をしたそうな奈々斗の目を、アルフレッドは片手で覆った。

奈々斗はおとなしく目を閉じる。クリスは興味深そうに腕組みした。

「アルフが若い相手をつかまえるのは珍しいですねえ」

「……つかまえてないし、珍しいかどうか判断がつくほどおまえと仲良くした記憶はない」

アルフレッドは横目でクリスを睨むが、クリスはのんびりした表情で髪を揺らす。

「だって、尻尾、振り振りしてるじゃないですか」

「――――うるさいな」

「奈々斗はいい子ですもんね」

「俺は嫌いだよ、こんな子犬と変わらないようなの」

「ひどい……」

手の下でもぞもぞと奈々斗が動いて、本気で傷ついたように唇を尖らせた。

「俺熱があるのに、横で悪口言わないでよ」

「本気じゃないんですよ、許してあげてください」

クリスがにこやかに余計なことを言って、アルフレッドはもう一度彼を睨んだ。クリスは笑ったまま、面白そうに目を細めてアルフレッドを見返してくる。

「ほんとは犬、好きなんですよね？　フランスにいた頃見ましたよ、野良犬にパンを分けてあげてたの」

「あれは腹がいっぱいになっただけだ」

「なんだかんだいって、老人にも子供にも親切だし」

「そんなわけないだろ、人間も嫌いだ」

「じゃ、山奥ででも暮らしたらいいでしょうに」

「山は電気がないから不便だろ。俺は都会派なんだよ」

「――都会派！」

ぶすっと言ったアルフレッドに、クリスは噴《ふ》き出した。

「アルフが！　都会派！」

声を押し殺しながら肩を震わせて笑っているクリスに、ハリーが「なに？」とまざってくる。

なんでもない、と憮然として言って、アルフレッドはため息をついた。

「そこはそんなに笑うところじゃねえだろ」

「アルとクリスさんは仲がいいんだね」

クリスの笑い声にびっくりしたように顔を向けた奈々斗が、羨ましそうにちいさく笑った。

「いいなあ」

「おまえだって親しい人間くらいいるだろう」

眠る気のなさそうな奈々斗をため息をついて見下ろすと、奈々斗は寂しそうに笑った。

「友達は、なくしちゃったんだ。大学休学したら、大学の友達はだんだん連絡くれなくなっちゃったし……もらっても遊ぶ余裕なかったから。昔から仲良かった子はいたけど、その子はもう俺のこと嫌いなんじゃないかなあ」

「なんでだよ」

「父さんが、その子の家の犬をね、手術中に死なせちゃったから。手術ミスだって責められて、あそこの医者はひどいって噂《うわさ》になっちゃって——そんなはずないって言ってくれた飼い主さんもいたんだけど、近くに大きくて年中無休の動物病院ができたせいもあって、だーれも来なくなったんだ。まあ、そんなことがあったから、俺の友達も全然、道で会っても喋らなくなっちゃって」

奈々斗は一瞬だけつらそうに顔を歪め、それから長い息を吐いて笑ってみせた。

「そこからはばたばたーって。なんとかなるよとか言ってるうちに父さんと母さんが死んじゃって、お葬式したと思ったら火事で、友達とか——そういうの、考える余裕も正直なかったんだよね」

「……悪いことが続いたんですねえ」

黙ったアルフレッドの横で、クリスがしみじみと言った。それから後ろを向いてハリーに通訳してやるのを聞きながら、アルフレッドはじっと奈々斗の顔を見ていた。

熱で少し潤んではいるものの、奈々斗の目は泣きそうではなかった。

泣かれたほうがましだな、と思って、アルフレッドは苦い気持ちになる。

「ナ、ナナト……っ」

通訳を聞き終えたのか、ハリーがすぐ傍まで来て膝をついた。感情の起伏の激しいハリーはもうぼろぼろ泣いていて、「可哀想だ」と枕元にうずくまる。

「ありがと、ハリー」

少しだけ困ったように奈々斗は言って、「でも」と言い添えた。

「俺はラッキーだと思うんだ。最後のほうで父さんの病院に来てくれてた田畑さんが、すっごくよくしてくれて、お葬式も引っ越すのも、住むところも世話してくれて、こうやって今犬たちみんなと暮らせてるんだもん」

「奈々斗さんは偉いですねえ」

泣いているハリーの背中を撫でながら、クリスが微笑んだ。

「大変なことがあってずっと頑張ってたんですね。このあたりで少しゆっくり休みをとったほうがいいから、熱が出たのかもしれませんよ」

「――そうかなあ」

「なんにしても熱があるんだから寝ろ。寝たくないとかぐずるなよ」

アルフレッドは布団の上から奈々斗をかるく叩いた。優しさのない台詞にクリスが咎《とが》めるような目を向けてきたが、それどころではないので無視しておく。

「ちゃんと寝るよ」と言いながら少し拗ねた顔をした奈々斗が、それでもおとなしく目を閉じる。ゆっくりと呼吸が遅くなり、眠りに落ちていくのを見つめながら、アルフレッドは先ほどの奈々斗の話を思い出していた。

最初に「両親が亡くなったあと、家が火事になって」と聞いたときは、そんなこともあるだろうな、程度にしか思わなかったけれど——父親の経営する動物病院に悪評がたって患畜がいなくなり、その直後に両親とも事故死、さらに家まで火事になる、というのは、あり得ないことではないかもしれないが、いささか不自然だ。

その上、一人になった奈々斗を助けたのは、病院にも顔を出していた田畑だとすると、なぜ田畑がわざわざ奈々斗を助けたりするのかも不自然な気がする。

金持ちの道楽ならいいが、最悪、田畑がなにか理由があって、奈々斗の両親の死や火事を仕組んだということだってあり得る。

偶然悪いことが重なったというより、誰かが仕組んだのだ、と考えるほうが、アルフレッドには納得できる気がした。

（……にしても、奈々斗は普通の人間だしなあ。天才だとかなにか突出した才能があるとかでもないし、秘密を偶然知ったとかでもないだろうし——）

そこまで考えて、俺が首をつっこむことじゃないな、とアルフレッドは眉を寄せた。

べつに、どうだっていいはずだ。現に奈々斗は他人の助けを受けて、いちおうちゃんと暮らせていて、それを疑問に思っている節《ふし》はないのだから。

そう思いつつ、ようやく眠った奈々斗の顔を見ると、なんともいえない気分になる。

夜はまだときどき泣くという奈々斗。

料理が失敗したほうがほっとするという奈々斗。

いつか誰かに俺の話をしてね、とねだる奈々斗。

ソフトクリームを久しぶりだと言って、幸せそうに舐める奈々斗。

アルフレッドが話をはぐらかす度に、無理してなんでもないように笑ってみせる奈々斗。

「――クリス、ハリー」

低く同胞の名を呼ぶと、真っ赤になった目を擦っていたハリーが振り返る。

「ちょっとだけ、調べものを頼みたい」

「いいよ、なに？」

「奈々斗に援助してる田畑ってやつが、どんなやつか調べてくれないか」

「わかりました」

あっさりと頷いた二人を交互に見て、アルフレッドはふんぎりをつけるために口をひらく。

「調べて、べつにおかしなことがないようならすぐ日本を出る」

「おかしなことがあったら？」

「田畑は悪いやつだからやめとけって言って、奈々斗が暮らせるように金でも渡すよ」

興味なさそうに肩を竦めてみせると、クリスが非難がましい目でアルフレッドを睨んだ。

「で、日本を出て、国にも帰らないで、どこに行くつもりなんです？」

「どこかだよ。適当な場所で、後腐れなく死んでくれそうな老人でも探す」

「そんなこと言って、またジョージのときみたいに、意外と長生きされたって知りませんよ。――ほんとに、困った人ですよね、アルフも」

珍しく笑みを浮かべずに、咎める目でクリスはアルフレッドを見つめてくる。

「本当にどうしても人が嫌いなら、私たちの先祖のように森の奥深くだけで暮らせばいいんです。今でも人目に触れずに暮らせる山は世界中あちこちに存在してるじゃないですか。そうしないのは、都会派だから、なんてことじゃないでしょう」

「――」

「そういう頑固《がんこ》なところは、本当に全然変わりませんよね。自分のことから目を逸らしてしまう癖《くせ》も」

言われなくたってわかってるさ、とアルフレッドは奈々斗を見下ろした。今は穏やかな寝息をたてている。薄く汗をかいた額からそっと髪をかき上げてやると、やわらかく湿った、愛しい体温にゆっくりと尾が揺れる。

奈々斗の髪を撫でながら、おまえは幸せに生きられるといいな、と心から思う。無理をして明るく装うのでなく、自然に明るくできるようになるといい。

そう思うからこそ、ここにとどまることはできなかった。

「奈々斗を殺してしまいたくないからな」

人と狼は長く一緒に暮らせないのだ。人間同士ならあるいは、ずっと幸せに暮らすような未来もありうるだろうけれど、自分は人狼で、奈々斗は人間だから――幸せな終わりなんて夢でしかない。

愛情ほど理性を失わせる感情はない。人狼にとってそれはあまりに危険な感情で、仮にうまく暮らせたところで、人間はあまりにも儚く死ぬ。

「――わからなくは、ありませんけどね」

諦めたようにクリスが言って、そっとハリーを促《うなが》して立ち上がる。気遣いをありがたく思いながら、それでもなお、アルフレッドは認めたくはなかった。

まだ、奈々斗を愛しているわけじゃない。

愛しているわけではないけれど、このまま一緒にいたら、少しずつ惹《ひ》かれていってしまうかもしれないから、今のうちに別れるのが一番いい。

後味の悪い思いをしないように、綺麗なかたちでさよならをするのがいい。奈々斗がずっと幸せで暮らせるのだと安心して別れて、そうして二度と会わずに記憶の底に閉じ込めてしまうのが、アルフ

レッドの知る限り、お互いにとって一番いい方法だった。

アルフレッドの記憶にある、最初に触れあった人間は自分の母親で、彼女はアルフレッドが人間として成人するよりも前に病《やまい》であっけなく死んだ。

戦争の続く最中に組織に引き取られて、大人の人狼の言う「組織は人狼のため」という言葉を真に受けていた頃、出会った女と恋に落ちたけれど、彼女は人狼の村に来て間もなく、規則を破って夜に外に出ていて、パトロールから帰ってきた狼型の若い連中――アルフレッドも、その群れにいた――に噛み殺された。

彼女にとどめを刺したのが誰なのかはわからずじまいだったが、きっと自分だっただろう、とアルフレッドは思う。

あのときは心底絶望した。どうして自分は理性のない化け物なのだろうと……二度と狼の姿にならずにすめばいいと願ったのに、ときどき、たまらない怒りや悲しみがこみ上げてきて、気がついたときには破壊しつくされた木立の中にいるようなことを何度も繰り返したものだ。

組織を抜けて祖国を去り、あちこちを転々とするようになっても、自分をコントロールできるようになるまでは長くかかった。二度と誰も傷つけないためには、感情の起伏を作らないこと――誰のことも愛さず、期待せず、常に淡々としておくのが一番いいのだとわかってからは、いっそう同じ場所に長くいるのをやめた。

流れるように、漂うように生きてきて、それを後悔してはいない。

後悔はしていないけれど。

クリスの咎めるような声を思い出すと、自分がひどくわがままな、愚《おろ》かな生き方をしてきたような気がした。

今この瞬間だって、その気になれば、奈々斗もハリーたちも捨てて好きな場所へ旅立っていけるというのに、そうできないのだから、呆れられるのも無理はない。

（……でも、まだ熱があるし）

一日経っても、奈々斗の熱は下がらなかった。買ってきた風邪薬を飲ませると少し下がるのだが、「もう元気だよ」などと言って無理をしようとしたので布団に押しこめて、こうしてアルフレッドが買い物に出ているのだった。

「アルフレッドさん、でしたね」

スーパーに入ろうとしたところでふいに後ろから声をかけられ、アルフレッドは振り返った。

まっすぐにアルフレッドを見て立っているのはスーツに眼鏡姿の男性、鷲坂だった。彼はかるく眼鏡を押し上げて、「少しよろしいですか」と言って踵を返した。

「立ち話もなんですから、店に入りましょう」

アルフレッドがついてきて当然、というような横柄《おうへい》な態度は癪にさわったが、鷲坂は田畑の秘書だったことをアルフレッドは思い出して後に続いた。

鷲坂はアルフレッドを振り返ることなく近くのコーヒーショップに入ると、勝手に二人分オーダーして席についた。

「今日はお願いがあってまいりましたので、コーヒーくらいはご馳走しますよ。もし飲めるのでしたら、ですが」

にこりともせずにそう言われ、アルフレッドは眉をひそめたくなるのを我慢して椅子を引いた。

「手短かにすませてもらえると助かる。奈々斗が風邪をひいてるんだ」

「それはそれは。社長にご報告したほうがいいですね」

鷲坂は案じる様子をわずかも見せずに、コーヒーに砂糖とミルクを三つずつ入れた。甘そうなそれを一口飲んでから「では手短かに」と言って、鞄から封筒を取り出す。

「こちらをどうぞ」

事務的な茶色い封筒は厚みがあって、アルフレッドは受け取ったそれを開けて覗き込んで、今度こそ眉をひそめた。

「二百万です。たいした金額ではありませんが、たいしたことを頼むわけでもありませんから、充分な額だと思いますよ」

くいっと眼鏡を押し上げて鷲坂が言い、アルフレッドは顔をしかめたまま彼を眺めた。鷲坂は一度もアルフレッドから視線を逸らさず、ひどく冷静な目をしている。

「先日奈々斗さんが社長とお茶をご一緒されて、ずいぶんあなたのことを褒《ほ》めていました。奈々斗さんはすっかりあなたにぞっこんなようだ――ぞっこんの意味はわかりますか？」

ほんのわずか鷲坂が唇の端を上げて見せる。アルフレッドが黙って答えずにいると、「とても好き、という意味ですよ」と鷲坂は頷きながら続けた。

「それは大変な入れこみようで、あなたがどれだけすばらしいか語っていらっしゃいました。社長も大変お喜びで、次に会うときにはぜひ一緒に来なさいと言っておられましたよ」

「――奈々斗が了承したとは思えないな」

「おや、よくおわかりですねえ」

わざとらしく鷲坂が目を見開いて、またコーヒーを一口飲んだ。

「なんでも、近いうちに日本を発《た》たれるとか。奈々斗さんはずいぶん寂しそうでした。きっとあなたという素敵な友人と別れるのがお寂しいのでしょう」

「で？　いい加減本題に入れよ。この金は？」

「もう本題ですよ。あなたが近々出発されるときに、ぜひ奈々斗さんも連れていっていただきたいのです。金はそのための、いわば軍資金です」

コーヒーカップごし、鷲坂が冷ややかな視線を寄越す。

「ずっと連れ回せとはいいません、そうですね、口先だけでも、もっと奈々斗と一緒にいたいというようなことを言って、奈々斗さんが日本に戻らない気になってくだされればけっこうです。もっとフランクに言ったほうがよろしいですか？」

「――ぜひ」

「つまり、駆け落ちの真似事をしていただきたい」

冷たい態度を崩さないまま、欠片《かけら》も興味のなさそうな声で彼は言った。アルフレッドは呆れて言い返す。

「俺に男と駆け落ちしろって？」

「真似事ですよ。奈々斗さんは年齢に比べて幼いといいますか、思慮《しりょ》深さに欠ける点がありますから、あなたがちょっとそれらしい態度をとればすぐにその気になります。試してくだされればすぐにわかりますよ」

「……試さねえよ」

「二百万には奈々斗さんの海外渡航用の資金も入っていますが、もちろん二百万がつきるまで一緒にいろなんて言いません」

苦々しく呟いたアルフレッドの言葉を、鷲坂は完全に無視して、流れるように言う。

「その気にさせて、どこか日本から離れたところで少しの間だけ一緒に過ごしていただいて、そのあとは置き去りにしようが売ろうがご自由にどうぞ。あなたにとっては短い時間でしょうし、そう思えば割にあわない仕事ではないでしょう？」

眼鏡を押し上げる鷲坂は、アルフレッドが金を受け取って彼の言うとおりにする、と疑っていないようだった。どこまでも横柄な態度にアルフレッドは目を細めた。

「やらない、金もいらないと言ったら？」

「そのときは私たちの仕事に貢献していただきます。うちはね、製薬会社なんですよ。いろいろと実験が必要なのですが、昨今臨床《さっこんりんしょう》実験はたいへん厳しいですからね」

「実験体になれって？」

「ええ。あなたはなかなか興味深い生き物のようですから」

鷲坂はちらりと笑みを見せて、アルフレッドは黙り込む。

――つまり、彼はこちらの秘密を知っているということか。

(鷲坂があやしいのか、それとも、そう思わせといて田畑が黒幕か？)

ハリーたちが調べた結果が出るまではわからないな、とアルフレッドは歯嚙みした。

今この場で、腹の立つこの男にすっきりけりをつけてやればいいのに。

「私としては貴重な研究材料をみすみす逃がすのはもったいないのですがね。それよりも、まずは目先の危機ですから」

鷲坂は完全に自分の優位を確信しているようで、少しだけ機嫌がよさそうな顔でコーヒーカップをかかげてみせる。

「なにしろ社長が、あまりにも奈々斗さんに入れこんでいましてねえ……このままではご自分の子供をさしおいて、奈々斗さんに会社を譲るなどと言い出しかねませんし、そうでなくても最近は口をひらけば奈々斗、奈々斗と――あれでは悪評がたちかねません」

「つまり、あんたにとって奈々斗は邪魔なんだな」

「だからわざわざ頼んでいるんです」

何度も同じことを言わせるな、と言いたげな視線で一瞥して、鷲坂は立ち上がった。

「奈々斗さんを連れていってくださるなら、出発時期について口を挟むつもりはありませんが、できるだけ早くしてください。それでは」

口挟んでるだろうが、とアルフレッドが小声で呟いたときには、彼はもう背を向けていた。ため息をついて金の入った封筒をポケットに押し込んで、これは奈々斗にくれてやろう、と思う。

飲む気になれないコーヒーをそのままにして店を出て、田畑は単に子供好きなだけかもしれないな、とアルフレッドは考えた。それを許せない鷲坂が、勝手に動いているということかもしれない。

ハリーたちが戻ってくれば、もっとわかることもあるだろう。

面倒だなまったく、と思いながら不愉快な気分で買い物を終え、アパートに戻ると、犬たちに囲まれていた奈々斗が布団から起き上がった。

「お帰りなさいアル。ごめんね、買い物とか……全部任せっきりで」

「少しはよくなったか？」

「うん、もう平気だよ」

「嘘つけ」

布団から出てこようとする奈々斗の肩をかるく押さえて、額に触れると、体温はまだ高かった。ほらな、とアルフレッドはため息をつく。

「無理したほうが治りが遅いんだ。もう少し寝ておけ」

「――うん」

寂しそうに、申し訳なさそうに奈々斗は微笑んで、アルフレッドが促すまま再び横になる。ありがとう、と呟かれて、アルフレッドは奈々斗を見下ろした。

じっとアルフレッドを見つめている奈々斗は、具合が悪いということを抜きにしても、熱っぽい目をしている。信頼と愛情のこもったその眼差しに、アルフレッドは苦く鷲坂の言葉を思い出していた。

『奈々斗さんはずいぶん寂しそうでした。きっとあなたという素敵な友人と別れるのがお寂しいのでしょう』――。

「……眠って、食欲が出たら、また目玉焼き作ってやるし、野菜炒め丼もたっぷり食わせてやるから」

知ってるさ、とアルフレッドは思う。

奈々斗が寂しいと思っていることも、本当はこの子犬みたいにまっすぐな青年を寂しがらせたくない自分がいることも、知っている。

だが、奈々斗は人間で――アルフレッドは人間ではないから。

「おやすみ」

友人にも、ましてや恋人にもなれない。

そう戒《いまし》めながら、アルフレッドは身をかがめて昏で奈々斗の額に触れた。これを最後にして、二度と彼には触れないために。

二日後、熱が下がると、奈々斗はすっかり元気な様子でバイトに出かけていき、遅くに帰ってきてからも疲れた様子を見せずにアルフレッドの作った野菜炒め丼をぺろりと平らげてくれた。

洗い物をしている機嫌のよさそうな、健康的な奈々斗の横顔をついしばらく眺めてしまって、アルフレッドはそっと一〇二号室に引き上げ、それから庭に出た。

昨日も一昨日も、傍にはついていたけれど、奈々斗と一緒には寝ていない。アルに風邪をうつしたら大変だもんね、と言っていた奈々斗が今日はやたらと「もうすっかり元気」をアピールしているから、夜はまた一緒に寝たいと言い出すような気がしていて、それを考えると少し気が重かった。

もう絶対に奈々斗には触らない、と決めているから、奈々斗のおねだりを断らなければいけない。奈々斗がひどくがっかりするのはわかりきっていて、でも今日ばかりは折れるわけにはいかなかった。

もう耳も尻尾も出ていないのに、うまく感情がコントロールできない。

元気そうな横顔が眩しく見えて、つい視線が吸い寄せられてしまった。

「いい加減学習しないとな」

自分を戒めるために呟いて、アルフレッドはたいして星の見えない夜空を見上げた。ジョージと暮らしていた頃は、田舎だったから星はよく見えた。その前も——都会に長くいたことはないし、百年ほど前まではどこでもたいていよく星が見えた。

画家とその恋人によく会った頃も。

村外れに住んでいた貧しい少女と、よく一緒に食事をした頃も。

花売りの老婆といたときも、歩くことができずにいつも家に取り残されていた病弱な少年とも、空はよく見上げた。話すことがなにもないときに、間をもたせるには都合がよかったから。

星を見るとロマンチックな気分になるらしい人間たちは、聞きもしないのに思い出を語ってくれる。甘く穏やかで、幸福な思い出。たとえば初恋の話なんかを。

『なあアルフレッド。おまえも早く素敵な恋人が見つかるといいんだが。この人こそが運命の相手だと思うような——私にとってのアマンダのような、素敵な恋人が』

好きだと思った相手は何人もいたよジョージ。

でも、ただの一度もうまくいかない。運命の相手なんていやしないんだ。

「アル」

沈み込んでいくような回想に、明るい声が差し込んできて、アルフレッドは瞬きして振り返った。

奈々斗は両手に缶ビールを持って庭に下りてきて、片方をアルフレッドに差し出した。

「はい、これ、お礼だよ」

「お礼？」

「看病のだよ。乾杯！」

にこやかに言って、奈々斗は勝手に缶をぶつけ、勢いよくビールを呷《あお》った。

「……はー！　おいしいね、ビール」

「飲めるんだな……」

「だから、俺大人だってば。二十一歳です」

怒った顔をしても、膨《ふく》れた頬がやっぱり子供っぽい。けっこうお酒強いんだよ、と言いながら飲む奈々斗につられて、アルフレッドも缶に口をつけた。

奈々斗は掃き出し窓の桟《さん》に腰かけて、手招きする。

「アルも座れば？」

「――いや」

隣に座って肩にもたれかかられたらたまらない。ゆるく首を振ってまた空へ視線を向けると、「あのさ」と奈々斗は控えめに切り出した。

「こないだ、田畑さんとお茶してきたんだけど。俺がいっぱい自慢したからか、田畑さんもアルに会ってみたいって言ってたよ」

そうらしいな、とアルフレッドは胸の中だけで答える。黙ったままのアルフレッドの声を待つように奈々斗も少し黙ったあと、仕方なさそうに笑った。

「一応アルに聞いてみるって答えたけど……やっぱり、無理だよね。もともと、俺が風邪ひかなかったら、アルはもう日本にいない予定だったもんね」

こく、とまた一口ビールを飲んで、奈々斗は明るい声で言う。

「あとで田畑さんにメールしとくね、やっぱり駄目でしたーって。きっと田畑さんも残念がると思うよ。めちゃくちゃかっこいいんですよ、って言ったら、興味津々《しんしん》だったもん」

「――」

もしかしたら田畑は男が好きな人種なんだろうか、と思って、アルフレッドは横目で奈々斗を見た。「なに？」ときょとんとした顔はよくいえば無垢《むく》そうだが、秘書が心配するほど入れこむような美青年というわけでもない。

「俺の顔、なんか変？　もしかしてもう赤い？」

「いや、べつに。……田畑ってどんなやつなんだ？」

「どうって、あんまり背は高くなくて、優しい、顔の丸いおじいちゃんだよ。会社の偉い人だから、鷲坂さんとかに命令するときは威厳があるけど、俺が喋るの聞いてるときは、すごくにこにこしてて、俺のおじいちゃんっていないんだけど、生きてたらこんなふうなのかなって感じ」

「そうか、田畑の世話になってるってことは、祖父母もいないんだな」

「うん。うち、親戚《しんせき》づきあいもなくって、いとこはいるかもしれないけど、会ったことないんだ」

わりと寂しいことをけろりと言って、奈々斗は笑った。

「両親とも実家とはあんまり仲良くなかったみたいだけど、どうも理由は二人が駆け落ちしたかららしいよ。ロマンチックじゃない？」

「――さあな」

迷惑なだけかもしれないぞ、と思ったが、奈々斗の両親を悪く言う気にはなれなくて、アルフレッドは肩を竦めた。奈々斗は足をぶらつかせて「懐かしいな」と目を細めた。

「小学校の頃とかは、おじいちゃんおばあちゃんがいないのって悔しかったけど、あとでよく聞いたら、母さん家はもともと母子家庭だったんだって。そのおばあちゃんにもちっちゃい頃しか会ったことなくて、わりと早くに死んじゃったんだけど、母さんはよく『家族はお父さんと奈々斗だけなの、でも最高の家族だと思う』って言ってたなあ」

奈々斗はぐっとビールを呷った。最後まで飲み干したのか、脇に置いた缶はからんとかるい音をたてた。

「そんな感じでさ、おじいちゃんとかおばあちゃんとかにはけっこう憧《あこが》れがあって、だから田畑さんと仲良くできるのは嬉しいんだ。本当は、田畑さんがあんなに一生懸命お願いしなかったら、お茶の相手とか、断るつもりだったんだけど、田畑さんもお孫さんいないみたいだし、寂しいのかなあって思ったら、俺でよかったら役に立ちたいなって。——前も言ったけど、俺は、誰かの役に立てたらいいなあって思うんだ。アルにも」

途中から緊張したように、奈々斗の声は硬かった。彼が立ち上がるのを見て、アルフレッドはなんとなく嫌な予感がして、一〇二号室の中に入ろうとした。

「待ってよ」

一歩上がったところで背中から抱きつかれて、アルフレッドは咄嗟《とっさ》に息をつめた。

奈々斗は抱きついたものの迷うように、躊躇いがちにアルフレッドの服を握る。

「狼になってくれたら、ブラッシングしてあげるんだけど」

「――奈々斗」

「本当は！」

引き離そうと手をかけると、させまいとするように奈々斗が背中に額を押しつけてきた。

「本当は、行かないで、って言いたいよ。情けないけど、やっぱり毎日すごい寂しかったもん。寂しがってる場合じゃないって思っても、田畑さんがいても、毎日、ふって気がつくと、ああ一人だな、って思うんだ。家に帰っても誰もおかえりって言ってくれないんだなって――思ってたら、アルが来てくれたんだ」

来たわけではなかった。

偶然、気乗りしないまま引き受けた用事が、この近くにあっただけのことで。

「でも、行かないでって言うのはわがままなのも、わかってるよ。――だから、せめてお礼がしたいなって」

ぎゅっと額を押しつけて、それから奈々斗はアルフレッドの前に回り込んだ。きらきらする目で見上げられて、アルフレッドは宥《なだ》める言葉も拒否の言葉も発せなくなった。

「ほ、他にできること、なくてごめんね？」

奈々斗は真剣な顔で言って、アルフレッドを壁に押しつけた。伸び上がるようにして顔が近づいて、震える唇がアルフレッドに触れる。

思ったよりもしっかりと弾力のある感触があたたかく押しつけられて、アルフレッドは苦く目を閉じた。引きはがそうと上げた手が逆に奈々斗の背中を抱きしめそうな気がして、触れるのを躊躇う間に奈々斗はそっと舌まで伸ばしてくる。

「――ん、」

ちいさく漏れた奈々斗の声が濡れて聞こえて、背中がざっと粟立《あわだ》った。

「……よせ」

危ない、と思いながらなんとか顔を背けると、奈々斗はぐっとアルフレッドの胸元を摑んだ。

「じっとしてて。き、緊張してるから、あんまり上手にできないかもだけど」

「上手っておまえ」

「だって、他に、本当になんにもないんだ。バイト先の先輩に聞いたら、こ、これくらいなら性別関係なくいけるんじゃないって――言われたし、俺が熱出したとき、アルが、き、キス、してくれたし……だから、」

つっかえながら囁くように言って、奈々斗は強い力でアルフレッドの服をたくし上げた。少しひんやりしたてのひらが腹に触れて、アルフレッドは思わず息をつめる。奈々斗は崩れるようにして膝をつき、露《あら》わにした肌に唇を寄せた。

つたない仕草でちゅっ、と可愛らしくも罪作りな音をたててキスをして、奈々斗は上目遣いに見上げてくる。

「気持ちいい？」

腹なんかキスされたって気持ちよくない、と言えばいいのに、できなかった。薄暗がりで見てさえ上気した奈々斗の表情に、ごくりと喉が鳴ってしまう。

（——駄目だ）

奥歯を噛みしめて、アルフレッドは奈々斗の肩を掴んだ。痛みに顔をしかめる奈々斗にかまわず強引に押し倒し、わざと膝で押さえるようにして馬乗りになる。

「っ、アル……」

怯えたような、けれどどこか期待するような眼差《まなざ》しが気に食わない。なにをしているのか、奈々斗はきっとよくわかっていないのだ。

人狼を欲情させることが、どんなに危険か、知らないからこんな顔ができる。

怒りに煽《あお》られるようにして、アルフレッドは奈々斗のジーンズのボタンに手をかけた。たいした力をこめなくてもボタンは弾け飛び、ゆるんだジーンズと下着をまとめて引きずり下ろすと、奈々斗は逃げたそうに身を捩った。

その膝を摑んで大きくひらかせると、完全にさらけ出された奈々斗の弱い部分は、すでにやんわりと勃《た》ち上がりかけていた。きりきりするような熱がこみ上げてくるのを感じながら、アルフレッドは唇を歪めて笑う。

「期待してるのか？　もう勃ってる」

「……っ」

「こんなとこまで赤くして――酔ってるのか？　あとでせいぜい後悔しろよ」

わざと嘲《あざけ》るように言い、淡い茂みのあたりまでうす赤く染まった肌を一度だけ撫でて、アルフレッドは性器には触れずに脚の奥に手を差し込んだ。きゅっと閉じた尻のあわいを探り、窄《すぼ》まったそこをつついてやると、奈々斗の身体がびくりと跳ねた。

「アルッ……待って、俺ちゃんと」

「黙ってろ」

「――――ッ」

男を受け入れたことなどないだろう蕾《つぼみ》に、濡らすこともほぐすこともせずに、アルフレッドは二本の指を突き立てた。

侵入を阻《はば》むように硬い孔《あな》を抉《えぐ》るように指を回して捩《ね》じ込むと、びく、びく、と奈々斗の身体が痙攣《けいれん》する。

「っ……い、痛……っ」

「こうされたかったんだろ」

あざ笑うように告げて、アルフレッドは奈々斗の顔を覗き込んだ。痛みのせいか、潤んで苦しげな目に向かって、口を開けてみせる。

そうして、人の姿をしていても人よりも大きい犬歯を見せつけて、それできつく首筋に噛みついた。

「ひ……っ、あ、……っ」

どくどくと脈打つ動脈が歯の下に感じられた。小刻みに震えた奈々斗の身体は痛みに竦んでいて、噛んだまま指を強引に抜き差しすると、悲鳴が上がる。

「いっ……い、あ、あ……ッ」

か細い、せつないような声に、アルフレッドはこのまま牙を埋めてしまいたい欲にかられた。征服してやりたい。

この熱くて小さい器官を犯して、思うさま貪《むさぼ》ってやりたい。

震えそうになって、アルフレッドはゆっくりと口を離した。

くっきりと首に刻まれた歯形を見ながら、指も抜いて、力ない奈々斗の身体の上から降りる。

「これでわかっただろ」

荒い、すすり泣くような息を零している奈々斗の顔は見られなかった。壁を睨んで、できる限り興味のなさそうな声音を取り繕《つくろ》う。

「興味本位で馬鹿な真似するんじゃねえよ」

「興味本位じゃないよ」

奈々斗はか細い声で言い、それから、アルフレッドの一番聞きたくなかった台詞を吐き出した。

「——俺、アルが、好きだよ」

「俺は人間が嫌いだよ。中でも、奈々斗みたいなのが一番、嫌いなんだ」

誤解しようのない拒絶の言葉に、奈々斗はしばらく黙っていたが、やがてのろのろと身を起こした。

「……変なことして、ごめんね」

「——」

「……おやすみなさい」

窺うように言われた挨拶《あいさつ》の言葉にも、アルフレッドはなにも返さなかった。奈々斗は諦めたように玄関から隣の部屋に戻っていく。

完全に隣の部屋のドアが閉まるのを待って、長くため息をついたアルフレッドは、開け放したままの窓からそっと覗き込んできたヤスオを見つけて顔をしかめた。

「なに覗いてんだよ」

《……べつに》
はたはた、とヤスオは尻尾を振った。同情するようなその仕草にいらっとして立ち上がると、庭にはジョンまで七匹とも勢揃いしていて、アルフレッドは顔を覆った。
「馬鹿犬どもめ。帰っておまえたちの大好きなご主人様でも舐めてろ」
《わかった、舐めとく》
《嚙まれたとこ舐めとく》
《嚙まれたとこね。アルの代わりに優しくしとくね》
「うるせえよ」
怒鳴る気力もなく呟いて窓を閉めてしまうと、ボスが隣に戻っていきながら呟くのが聞こえた。
《大変だな、アルフレッドも》
うるさいんだよ、と芸のない悪態《あくたい》をついて、アルフレッドは髪をかき回した。
犬に同情されるなんて最悪だ。
けれどももちろん、一番最悪なのは——奈々斗を牽制《けんせい》して退《しりぞ》けるためとはいえ、あんなことができる自分自身だった。

翌朝早く、アルフレッドは隣の部屋から聞こえるクリスと奈々斗の声で目を覚ました。

「どうぞ。アルフのほどおいしいかわかりませんけど、目玉焼きです」

「わ、すみません、ありがとうございます！」

帰ってきたのか、と思いつつ、クリスは本当に余計なことしかしないな、とアルフレッドは顔をしかめる。ハリーも一緒だろうか、と気配を探ろうとするとタイミングよくドアがノックされて、アルフレッドは立ち上がって開けてやった。

そうして、さらに顔をしかめる。ハリーの着ているシャツは胸から腹にかけてべったりと血で汚れていた。

「怪我したのか？」

「たいしたことないけど、奈々斗がびっくりするとまずいから、着替えさせて」

ハリーは肩を竦めて部屋に入ってきて、勢いよく服を脱いだ。

人狼は治癒《ちゆ》能力が人よりも高いから、服は血だらけだったが、肌には傷はもうなかった。

「なんか、田畑ってやつの部下が拳銃とか持っててさ。日本にもいるんだな、ああいうの」

「撃たれたのか？」

「会社の研究施設みたいなとこで、うっかり警報鳴らしちゃって」

ハリーは脱いだ服をしばらく広げて見てから、もう使えないと思ったのか放り出して床に座った。

「なんか、いかにもあやしいよ、あの会社。表向きは普通の製薬会社だけど、いくら企業秘密だっていっても、普通日本では発砲とかしないだろ？　ああいう武器があるってことは、黒いところと繋がってるからだって、クリスが」

「製薬会社で裏社会と、っていうと麻薬か」

「それはまだわかんないけど、クリスが言うにはアメリカ人が出入りしていて、それがどうも見覚えがあるって」

「あとでクリスに聞くよ」

「そうして」

頷いて、ハリーはふっと真面目な顔になった。

「奈々斗はいいやつだけどさ、アルフ。今なにか危ない目にあいそうなんだったら、助けるのはいいけど――終わったら、一緒に帰ろうぜ」

「……」

報告にしてはざっくりした話だと思ったら、本題はこっちか、とアルフレッドは目を細めた。睨むような視線にもハリーは臆《おく》せずに、真顔のまま首を傾げた。

「やっぱり俺、人間とかかわるといいことのほうが少ないと思う。アルフが人間好きなのはしょうがないってクリスは言うけどさ……奈々斗は、男じゃん」

「——だから？」

「男でもいいなら、同じ人狼を好きになればいいのに」

「ガキが偉そうなこと言うなよ」

アルフレッドはため息をついて視線を逸らした。視界の端で、ハリーは子供っぽく唇を尖らせる。

「だってクリスが不機嫌なんだよ、アルフが人間と暮らしはじめるとさ。長くなっちゃうときは途中で諦めるみたいだけど——本当は、クリスだってアルフに戻ってきてほしいんだと思う」

「そんなことはないさ」

クリスは単に人間が好きじゃないんだ、と思いつつ、アルフレッドが首を振ると、ハリーは組んだ膝を焦《じ》れったそうに揺すった。

「アルフは、やっぱり人間になりたかったのかよ」

「——違う」

「俺全然わかんないな。嫌な思いしたことないから、べつに人間も好きだけど、人狼はもっと好きだよ。好きっていうか、仲間だろ。仲間を大事にするのって、当たり前のことじゃん。……だから、ほんとは、アルフにも俺たちのこと、大事に思ってもらえたら嬉しいんだけどさ」

あんたは言ったら兄貴みたいなもんだもん、とつけ加えて、それからハリーは伸びをした。

「ちょっと寝ていい？　疲れた」

「……頼まれてくれてありがとうな」

「いいよ、俺も奈々斗は好きだから。そのかわり、終わったら一緒に帰ってくれよ。またどこか行くにしてもさ、一回、みんなに会ってもいいじゃん。副長もアルフにあの夜のことは謝りたいって言ってるし、けっこうみんな、アルフのこと待ってるよ」

「副長には、あんたのせいじゃないって伝えてくれ」

「俺が伝えたってしょうがないじゃん。みんな、会いたいんだよ」

ころんと自分の近くに横たわったハリーを見下ろして、アルフレッドはわずかに微笑んだ。

手のかかる「弟」だな、と思う。いくら先代の長の血をひくとはいえ、勝手に組織を抜け出した一匹狼をいちいち追いかけていたらきりがないだろうに、そうするのは――追いかけてくるのは、ハリーもクリスも、アルフレッドを大切に思ってくれているからなのだ。

いつもなら煩《わずら》わしくさえある彼らの情を、今は嬉しく思う。人狼は嫌いだが、クリスもハリーもいいやつだ。

「わかったよ。今回の件の借りはそれで返すから」

くしゃりと頭を撫でてやると、ハリーはくすぐったそうに首を竦めながら、アルフレッドを見上げてくる。

「借りとか貸しとか、けっこう面倒だよな、アルフって」

むしろ労《いたわ》るような目で言われて、アルフレッドは苦笑するしかなかった。

「じゃあ、面倒ついでにもうひとつ頼まれてくれ」

「いいよ、なに？」

「寝る前に隣に行って、奈々斗に、田畑に会いたいから、一緒に行くって俺が言ってたって、伝えてくれないか」

「……隣にいるんだから、自分で言えば、それくらい」

「顔を見たくないんだ」

「――いいけどさ」

立ち上がりながら、ハリーは顔をしかめてぶつぶつ言った。

「アルフってほんと、めんどくさいやつ」


「奈々斗からお茶したいと言ってくれるなんて、私は嬉しいよ。それもこれも、この方のおかげかな。

――アルフレッドさん？」

通された部屋ですでに待っていた田畑は、アルフレッドと奈々斗が入っていくと顔を綻《ほころ》ばせて立ち上がった。愛おしそうに奈々斗を見てから、アルフレッドのほうへと差し出された田畑の手を、アルフレッドは無表情を保ったまま握り返した。

「アルフレッド・ミグネイルです」

「なるほど、奈々斗が褒めるだけのことはある。ずいぶんよくしていただいているようで、ありがとうございます。さあ、どうぞ座ってください」

田畑は奈々斗が言っていたとおりの、穏やかそうな老人だった。恰幅《かっぷく》がよく、清廉潔白《せいれんけっぱく》とはいえない雰囲気はあるものの、「今は孫が唯一の楽しみで」と言いそうな顔をしている。

「奈々斗がチョコレートがおいしいってこないだ言ってただろう、今回は急だったからあまり数は揃えられなかったんだが、好きなのを食べていいからね」

どっしりした木のテーブルにつくと、奥のドアが開いてメイド風の服を着た女性がワゴンを押してくる。てきぱきと並べられるチョコレートケーキやトリュフ、紅茶を見て、奈々斗が申し訳なさそうに微笑んだ。

「またこんなにたくさん……余っちゃったらもったいないから、ちょっとでいいのに。田畑さんが選んでくれるお菓子はみんなおいしいから、俺なんでもいいよ？」

「余ることなんか気にしなくていいんだよ奈々斗。それにね、私の娘もチョコレートが好きだったから、なんだか嬉しくてねえ」

「そうなんだ。俺の母さんもチョコ好きだったよ。父さんも甘いものが好きだったたし」

奇遇だね、と笑った奈々斗を、田畑は愛しそうに目を細めて見つめている。

可愛くて仕方なさそうな田畑の表情に、アルフレッドのほうが拍子《ひょうし》抜けしそうだった。

どう見ても、奈々斗を罠《わな》にかけてどうこう、という感じではない。強いていえば、少年愛が行きすぎて独占したいがため、くらいはあるかもしれないなというくらいめろめろな雰囲気ではあるが、田畑の視線にはそういう欲が感じられなかった。

孫の代わりなんだろうな、と思いながら、見るともなく部屋の中を見る。ドアの近くには体格のいい男が控えていて、ボディーガードなのだろう。お茶をまず奈々斗に注いだ女性は、次にアルフレッドの前にティーカップを置いたが、緊張しているようで茶器がかちゃんと音をたてた。

「……失礼しました」

硬いちいさな声で謝罪した女性が、お茶を注いでくれる。その手も少し震えているのに気づいて、アルフレッドは眉根を寄せた。

（なんだ……？）

仕事に慣れていないだけにしては、どことなく不自然だ。

ちらりと顔を盗み見ると彼女は慌てたように視線を逸らした。アルフレッドはまるで正体を知られてでもいるようだ、と考えてから、それもありうるな、と思い当たった。

鷲坂が知っていたのだから、田畑が知っていても――あるいは他の使用人が知っていたとしても不思議ではない。

「アルフレッドさん、奈々斗に聞いたのだが、もうすぐ日本を発つとか。失礼ですが仕事はなにを?」

大きなテーブルの向こうに回り込んでいく彼女を目で追っていると、向かいの田畑がにこやかに聞いてきた。アルフレッドはゆるく首を振る。

「これといった定職はありません。あちこちふらふらしている、ろくでなしですよ」

「ろくでなしじゃないじゃん」

ずっとアルフレッドのほうを見ないようにしていた奈々斗が、我慢できなくなったようにアルフレッドに顔を向けた。

「今日だって、わざわざ、一緒に行くって言ってくれたのに」

咎めるような目を少しの間見返して、アルフレッドは視線を逸らした。

ビールを飲んだ奈々斗にキスされてから三日。

あれきり一度もアルフレッドは一〇一号室に入っていない。食事はクリスが戻ってきては作っていて、奈々斗は二回ドアごしに謝ってきたけれど、アルフレッドは一度も応じなかった。今日田畑のところに来る段になって初めて顔をあわせても、アルフレッドが黙っているせいで、奈々斗ももうなにも言わなかった。

「奈々斗にはアルフレッドさんは、いいお兄さんのような感じかな」

にこにこと、田畑が口を挟む。

「さあ、よかったらお茶もチョコレートもどうぞ。奈々斗も遠慮しなくていいんだよ」

「――いただきます」

寂しげにやや硬い声で応えて、奈々斗はチョコレートに手を伸ばす。アルフレッドはお茶のカップを持ち上げて、部屋の外の気配を探った。

もしかしてどこかに鷲坂がいるだろうか、と思ったのだが、分厚《ぶあつ》い壁に阻まれた向こう側は、人の気配があるが、識別まではできなかった。狼型ならわかるのに、と思ってお茶に口をつける。

「アルフレッドさん、定住はされないということですが、次はどちらに？」

「――そうですね。シンガポールとか……いっそ南半球もいいですね」

「それはいい。どうかな、奈々斗も疲れがたまってきた頃だろう、ちょっと息抜きに、一緒に旅行でもどうだい？」

田畑の言葉に、アルフレッドは顔をしかめそうになって、お茶を飲むことでごまかした。こっそり奈々斗を見やると、奈々斗は困ったように俯いていた。

「アルとは、一緒に行けないよ。……迷惑だもん」

「奈々斗を迷惑がったりする人間はいないだろう。外国は興味がないかい？　私と一緒に旅行でもいいよ」

「だって、旅費もないし」

「いいんだいいんだ、奈々斗は私の孫の役なんだから。私の娘にはそういうこともしてやれなかったからね……きみのお母さんは、旅行は好きだったかい？」

「旅行は、嫌いじゃなかったと思うけど、あんまり行ったことないです。動物病院て休みがとりにくいから——でも、三人で沖縄《おきなわ》とか、箱根《はこね》とか行って、楽しかったですよ」

「そうか、海も温泉もいいね……楽しかったか。私も娘に、そういうことがしてやればよかったんだがね」

うっとりしたように目を細めた田畑には、少しも邪《よこしま》な企《たくら》みのにおいがしなかった。もし隠しているのだとしたらたいした策士《さくし》だな、と思ってもう一口お茶を飲もうとして、アルフレッドは急に身体が重くなるのを感じた。

「——っ」

「田畑さんは、娘さんと一緒に暮らしてなかったんでしたっけ？」

話す奈々斗の声が水を通したようにぼやけて聞こえた。

喉の奥から、腹まで……そこから手足へと、ゆっくり重たい感覚が侵食していく。言うことを聞かない手から音をたててカップが落ち、田畑と奈々斗、ドアの傍のボディーガードの目が向くのがわかった。

まずい、と思いながらどうしようもなく、アルフレッドは椅子から床へと崩れ落ちた。

「アル！」

慌てたように立ち上がる奈々斗と、驚いて目を見ひらく田畑が見えた。

（くそ……お茶に、毒でも入ってたな）

田畑のほうへボディーガードが駆け寄るところまで見たところで、アルフレッドの身体が自発的に痙攣した。

脈打つように胴が跳ね、そこから、弾け飛ぶ。

感覚が四散し、重い手足がめきめきと音をたてながら変形し、先から毛に覆われてゆく。

「アル！　アル、大丈夫？」

叫ぶような奈々斗の声だけが聞こえる。危ないから離れてろ、と言いたくて、しかし言葉は発せなかった。せめて理性だけは失うまいとして、アルフレッドは完全に獣に変わった四肢で床を踏みしめる。

「ああ、見事な狼だ」

言葉の意味とは真逆《まぎゃく》の、嘲るような声と一緒に、ドアの向こうから鷲坂が姿を現した。

田畑に駆け寄っていたボディーガードはすでに鷲坂の部下らしい男たちに後ろ手に引き倒されていて、そちらを冷ややかに一瞥した鷲坂は、「社長は別室にお連れしろ」と短く命じた。呆然としたようにアルフレッドを見ている田畑が男二人に腕を取られて部屋を出ていき、それを見送った鷲坂は再びアルフレッドと奈々斗を見ると唇の端を引き上げて笑った。

「あなたが私の提案をすぐに実行しないで、社長に会いに来たりするからいけないんですよ。なかなか素敵な薬だったでしょう？　うまくいけば心臓がとまるはずだったんですが、まあいいでしょう。一番の目的は、狼は人よりも嗅覚《きゅうかく》がすぐれているが、それでも見抜けないかどうか試したかったんです。——檻《おり》に入れろ」

鷲坂の命令を受けた数人が、銃を手にして取り囲むように迫ってくる。その銃が奈々斗をも狙《ねら》っていることに気づいて、アルフレッドは憤《いきどお》りで低く唸った。

身体がまだ痺《しび》れたように重い。この人数を相手にして負けることはなくても——奈々斗が怪我をしたら、と思うと動くことはできなかった。

「鷲坂さん……なんで、こんなこと」

ぎゅっとアルフレッドの首筋に腕を回して、奈々斗が呟く。鷲坂は笑みを消して奈々斗を睨んだ。

「どうして、ときみが言うのですか？　きみが田畑社長に目をかけられているからに決まっているでしょう。会社は田畑社長のできのよくない息子さんが継いでくれれば、実質私のものになる。でもきみではそうはいきません。ご両親と同じく、きみもいなくなるとよかったのですが――火事でも助かってしまうとはね」

「俺も？　火事でも……？」

「きみのご両親も実に目障《めざわ》りでしたが、きみも大概《たいがい》だ」

蔑《さげす》むように、鷲坂は呆然としている奈々斗を見下ろした。

「不慮の事故で亡くなってくれて助かりましたよ。もちろん、あくまでも不慮の事故ですが、うちの会社に協力もしないような病院は目障りなだけですからね。もっとも、協力しなかったのはきみのせいだったようですが――知りませんでしたか？　全部、きみのせいです」

「っ……田畑さんに助けてもらうのが駄目なら、もう援助とかいりません。それに、」

「今さら、遅いんですよ。ずっと見つからなければよかったのに」

酷薄《こくはく》に言いながら鷲坂はかるく手を動かした。合図だ、と鈍くなったアルフレッドの思考が気づいたときには、もう銃が発砲されていた。

消音されたぼんやりした音に続けて、身体になにかがめり込む。急速に視界が暗くなり、ああ麻酔だ、と思ったのを最後に、アルフレッドの意識は途切れていた。

じりじりと炙《あぶ》られるような身体の熱さで気がつくと、そこは薄暗い、コンクリートで覆われた部屋だった。

部屋、というのは正しくないかもしれない。四方のうち一方には、太い鉄格子《てつごうし》が嵌《は》められていた。

「アル、気がついた⁉」

半ば霞《かす》んだような視界に急に奈々斗が映《うつ》り込んで、アルフレッドは目を瞬いた。忙《せわ》しなく奈々斗の手が顔の毛を撫でてきて、自分がまだ狼なのだ、と気づく。

ウルルル……と、唸り声が零れる。ひどく喉が渇いていて、四肢は重く、毒は抜けきれていないようだ。どんな種類の「薬」だったのか――意識がゆらゆらして朦朧《もうろう》とする。焦燥《しょうそう》のような、落ち着かなさが腹の底で渦《うず》巻いていた。

「ごめんね……危ない目にあわせて、ごめんね」

目を潤ませた奈々斗が強くしがみついてきて、跳ね飛ばしたい衝動にかられるのを、アルフレッドはなんとか耐えた。

「どこも痛くない？　苦しくない？　大丈夫？　ごめんね……俺のせいでアルまでこんな目にあわせて」

ごめんね、ともう一度言われてそっと顔をすり寄せられ、どくん、と心臓が跳ねた。

駄目だ。

奈々斗を傷つけては駄目なのに。

「鷲坂さんに全部俺のせいだって言われて、そんなはずない、って思ったけど――でも、アルが捕まったのは、ほんとに俺のせいだから」

泣きそうな声をして、それでも奈々斗は無理に笑った。

「アルだけでも逃げられるといいんだけど」

そっと目を覗き込んで頭を撫でられて、アルフレッドはがちりと歯を鳴らした。

（駄目だ！）

咄嗟に奈々斗を振り払うと、軽い奈々斗の身体はあっけなく放り出されて床に転がった。

「……ごめん。撫でるの、嫌だった？」

半分だけ身体を起こした奈々斗に労るように微笑まれ、全身の血が逆流する気がした。

――駄目だ。

あれを、壊したい。

いけない、と自制する理性を食い破るようにして、欲望が膨れ上がる。

牙を立ててばらばらに割《さ》いて、やわらかい皮膚《ひふ》と肉を噛みしめたい。小さい身体を押さえつけて犯したら、どんなにか気分がいいだろう。気のすむまで、壊れてしまうまで嬲《なぶ》りたい。

低い、地鳴りのような唸りが大きくなるにつれて、意識が霞んでゆく。二度と繰り返すまいと思っていたのに——二度と、愛した人間の血まみれの骸《むくろ》など、見たくはなかったのに、自分がそう感じていたことさえ、どうでもよくなる。

ひらいた口の端からつう、と唾液《だえき》が滴《したた》って、アルフレッドは頭を下げた。視線は身を捻るようにしてこちらを向いた奈々斗から一瞬も離せない。

アレを、壊したい。ただ壊したい。

のそりと歩み寄っても、それは逃げなかった。前足で肩を押さえ込んでも、食い込む爪に顔をしかめながら、それは懸命に微笑もうとする。

「食べる？　アル——」

手が、差し伸べられた。

白い冷たい手が鼻先からマズルを撫でて、ぞくぞくするような感触にアルフレッドは犬歯を剝き出しにして、そのまま、その手に嚙みついた。

「いっ————！」

ぶすりと牙が肌を破って沈み込む。大きく痙攣するのが牙に伝わってきて、頭を振って腕ごと食いちぎったら、さぞ気持ちいいだろうと思えた。血がたらたらと零れて、牙を立てたまま舐めるとひどく甘かった。

「アル……いいよ、食べても」

痛みにがくがく震えながら、それが喋った。愛しげな目で見上げられ、一瞬、心の奥が疼く。

「食べて。……なんにもできないなら、食べさせてあげれば、よかったんだね」

ため息をつくようにそれは言って、疲れたように目を閉じた。きらめいた瞳が見えなくなって、ああ駄目だ食いちぎりたい、と思うのと同時に、それの目が見たい、とも思う。

あの目が、無垢な色をしたそれの——否《いな》、「それ」じゃない。

（奈々斗）

さっと熱が引いて、力の抜けた顎から奈々斗の手が滑り落ちた。くっきりと牙の跡が刻まれた手から血が見る間に滲《にじ》んできて、アルフレッドは呆然と見つめた。

（——噛んだのか。俺が）

今、なにを考えていただろう？　なにを考えて、こんな、獲物のように押さえつけて牙を立てたのだろう？

（奈々斗）

怯えるように後じさりかけたとき、アルフレッドの後方、ずっと遠くから、爆発するような音が響いた。

ドオ……ン、と音に一瞬遅れて床が揺れ、足音が入り乱れる。怒声と、再びの爆発音。

「アル……？」

ぐったりしていた奈々斗が頭を上げて、アルフレッドは振り返った。傷ついた手をもう一方の手で押さえる姿に、やるせない後悔が湧いたが、だからこそ、ここから奈々斗を出してやらなければ、と思う。

ずうん、と先ほどより重い音がして、さっと風が流れてきた。まだ振動しているコンクリートの床にかつかつと硬いものが当たる音が聞こえて、アルフレッドは奈々斗の前に立ちふさがるようにして身構えた。

人間が来たら嚙み殺してやるつもりだったのに、鉄格子の向こうに現れたのは銀色の狼だった。爪を鳴らして走ってきた狼は口に袋をくわえていて、アルフレッドを見つけるとくるりと身体を折りたたみ、「遅くなりました」と微笑んだ。

「服も持ってきましたから、アルフもどうぞ。今鍵を開けます」

言葉どおり鍵を手早く開けてくれながら、クリスは奈々斗にも目を向ける。

「外もすぐに片付きますよ。田畑さんは病院ですから、安心してくださいね」

「――ありがとうございます」

ほっとしたような奈々斗の声を聞きながら、アルフレッドは黙って頭を下げた。謝罪にも感謝の意にもとれるその仕草をクリスはまるで見なかったように、入り口から入ってくると服を床に置き、後ろの奈々斗のほうに歩み寄る。

「私が背中を向けてる間に着替えてくださいね。アルフの裸なんて、見たって楽しくありませんからね」

俺だって見られたくねえよ、と思いながら、アルフレッドは身を折りたたんで――狼よりもずっと不自由で窮屈な、けれど制御《せいぎょ》された人の姿へと、自分を閉じ込めた。


一週間後、田畑がすっかり落ち着いたというので、アルフレッドは奈々斗に乞《こ》われて一緒に見舞いに訪れた。

自宅の居間の窓際にベッドを運ばせて、そこに横たわっていた田畑は、奈々斗を見ると「おお……」と感極まった顔で手を差し伸べた。

「田畑さん、大丈夫？　骨折したって聞いたけど」

「年寄りは厄介だな、鷲坂の手の者ともみあって、倒れたときに足首をね……奈々斗も手を怪我したんだってね」

「全然平気だよ、骨折とかじゃないもん、すぐ治るよ」

田畑に微笑みかけた奈々斗の表情は明るくて優しかった。奈々斗は優しい子だね、と目を潤ませた田畑は、奈々斗の手を握ったまま、離れて立っているアルフレッドを見上げてきた。

「アルフレッドさんにも、ご迷惑をおかけした。部下の管理不行き届きは私の不徳《ふとく》だ。申し訳ない」

「――いえ」

頭を下げられたが、アルフレッドも田畑を責める気にはなれなかった。むしろ、同情する気持ちのほうが強い。

結局、今回の件は鷲坂の独断で、ずいぶん前から彼は会社の施設を使って犯罪に手を染めていたらしい。クリスが「見覚えがある」と言ったアメリカ人は薬物犯罪では有名な男だということで、鷲坂は彼と繋がっていた。奈々斗の父親の動物病院では田畑の会社の薬を使わず、また鷲坂と結託《けったく》していた動物病院が近くにあったので、目障りだと思った鷲坂がわざと悪評をたてたのだと、クリスが調べあげてくれていた。

『私の得意分野で助かりましたよ。鷲坂はもしまた同じようなことをしようとしても、どこの国でも相手にされません』

そう言ったクリスは優しげな微笑みを浮かべながら「殺してしまえればもっとよかったんですけどねえ」と物騒《ぶっそう》なことをつけ加えたが、鷲坂は結局日本の警察に逮捕されている。

「私のせいだな、奈々斗」

警察からも事情は聞いているのだろう、田畑は気落ちした表情で奈々斗の頭を撫でている。

「私は本当に、人としても、親としてもいたらなかった。奈々斗にも、すまないことをしたね」

「どうして？　俺、田畑さんがいなかったら今頃路頭に迷ってるよ、田畑さんはすごくいい人じゃない」

なにも知らない奈々斗が、慌てたように田畑を覗き込む。

「俺じゃ田畑さんの娘さんのかわりはできないけど、これからもお茶とか、ごはんとか、よかったら散歩とかも一緒にしようよ。俺ができることはなんでもするから……そんなふうに悲しそうにしないで」

包帯の巻かれた手で田畑の肩をさする奈々斗から、アルフレッドは目を逸らした。

実は、一昨日、アルフレッドは一度田畑と会っている。話をしたいと言われ、面倒だと思いつつ出向いたアルフレッドに、田畑は打ち明けてくれていた。

奈々斗は、田畑の孫なのだ。

鷲坂の言った「奈々斗のせい」というのは、両親がその事実を知っていて、田畑とのかかわりを避けていたせいらしい。

田畑が結婚しなかった女性との間に生まれたのが奈々斗の母親で、その母親とは彼女が幼い頃に数度会ったきりだったという。不倫相手の女性にも娘にも会うことを拒まれ、諦めていたところに、娘が結婚したという噂を聞いて、こっそりと訪ねたのが奈々斗の家の動物病院だった。

『奈々斗の父親には、何度か頼み込んで――名乗らずに奈々斗の顔を見るだけならと、許してもらったんだ。娘とは、顔はあわせなかった。両親が亡くなったあとは、祖父だと名乗り出ることももちろん考えたが、……ずっと言い出せなかったのだ。娘や奈々斗が、私を恨んでいるのではないかとか、今さら孫にしたところで、ちょっとばかり金があるせいでうちはいろいろ面倒だしと、そんなことを考えていたら、私には祖父を名乗る資格もない気がして……。だが、言っておけばよかったな』

田畑はそう言って、背中を丸めて目頭《めがしら》を押さえた。

『私の部下のせいで奈々斗が不幸せになった今となっては、却って言えなくなってしまったよ……』

弱々しい声で語る田畑老人は、この前よりもずっと小さく見えた。気持ちはわかります、とアルフレッドが言うと、田畑は頭を下げた。

『奈々斗を、よろしく頼みます』

――よろしくする相手には、俺は相応《ふさわ》しくないですよ。

一昨日言うことのできなかったその返事を思い返してまた苦い気持ちになったアルフレッドを、奈々斗は思いついた、というように振り返った。

「よかったら散歩に行かない？　田畑さんの車椅子は俺が押してあげる」

「三人でか。いいね。アルフレッドさん、お願いできますか」

「……ええ」

アルフレッドは目を伏せて答えた。

お願いできませんよ、と今日も胸の中で答える。

（散歩ならいいけれど、それ以外は無理です）

奈々斗の手の傷は、クリスの薬のおかげでだいぶよくなって、痕《あと》は残るだろうがもう痛みはないらしい。傷が治るまで、という言い訳ももう終わりだ。

旅立つべきときはとうに過ぎているから、あとは少しでも早く、すみやかに戻るだけだった。流れるように穏やかで、淡々と色のない日々へ、帰らなければならない。

人狼である自分は、これ以上奈々斗の傍にはいられない。

奈々斗の手を借りて車椅子に乗った田畑を押しながら、奈々斗がふっと振り返った。

「アル、――」

目があう。アルフレッドが見返すと、奈々斗は静かな表情で目を逸らした。

なにを言いかけたのか、結局名前を呼んだきりで奈々斗はまた前を向く。かわりに田畑に向かって「さっき着いたときに、オレンジ色の花がすごく綺麗に咲いてたよ」と話す声は穏やかだった。

奈々斗ももう察しているのだろう。

アルフレッドがあれきり、決して奈々斗の傍に寄ろうとしない意味を、もう二度と会うことのない別れが、すぐそこまで迫っていることを。

夜ごはんは奈々斗の好きな野菜炒め丼にした。おまけで温泉卵を載せたらこれがやたらと好評で、奈々斗は「五杯食べられる……」と幸せそうだった。

ハリーが皿を洗って、奈々斗が拭く間にアルフレッドが部屋を出ると、クリスがすうっとついてきた。

「先に出る。ハリーには約束したから、一回墓参りには行くよ」

振り返らずに素っ気なく言うと、クリスは呆れたようにため息をついた。

「誰もそんなこと聞いてませんけど」

「じゃあなんでついてきたんだよ」

一〇二号室のドアを開け、半分だけ振り返ると、クリスは上がり込む気はないようで、外の共用廊下に佇《たたず》んだまま、じっとアルフレッドを見つめた。

「そんなに好きなら、もう一緒に暮らしたらどうです？」

「おまえの台詞とも思えないな。人間嫌いのくせに」

「私は好きじゃありませんが、アルフは好きでしょう。大好きすぎて捩れちゃうくらいですもんね」

皮肉っぽく言われ、誰が捩れてるんだ、と思ったものの、鼻で笑われそうだったのでアルフレッドは諦めて戸口に寄りかかった。天井も低い分ドアの高さも低い。廊下の天井だってたいして高くなく、手を伸ばせば届きそうだった。小さくて、箱庭のような――おとぎ話のような、奈々斗の暮らす世界。

ここで暮らせたら、どんなにいいだろう。

短い間一緒に暮らしたときのような、他愛《たあい》ない、けれど幸福な時間が長く長く続くなら、どんなに喜ばしいだろう。

それは心のどこかで、もしかしてどこかにあるかもしれないと願っていた幸福だけれど、決して手に入ることはない。

「……俺はまだ半分も生きてないだろ。奈々斗がもし百歳すぎまで生きたって、それでも絶対先に老いて死ぬんだ。それで、俺だけつらいならまだいい。――でも、違う時間の中で生きているんだって実感するのは、人間もつらいらしいからな。自分の死が近づくとみんな泣く。ごめんね、って言って泣くんだ」

「――」

「一人にしてごめんね、って泣かれて、誰かと幸せになってね、って言われると、なんで違う生き物しか好きになれないんだろうって思うよ。――いつも。何回も、どうして俺は好きになった相手も幸せにしてやれないんだろうって」

アルフレッドは自分の手を眺めた。今は人のかたちをしている手でも、人そのものにはなれない。

「――奈々斗を、最後に泣かせたくないんだ」

「そうですね。知ってます」

硬い声で頷いたクリスにも、苦い過去はある。面白くなさそうな顔をした彼を一瞥して、アルフレッドはちいさく肩を竦めた。

「まあ、その前にうっかり殺してしまうかもしれないしな。……実際、嚙んだし」

言って、背を向ける。

「次の落ち着き先が決まったら連絡するよ」

クリスから返事はなかったが、アルフレッドはそのままドアを閉めた。

しんと静かな部屋の中でつい隣の気配に耳を澄ませそうになり、アルフレッドは首を振ってやめた。今さら、奈々斗を気にしても仕方ない。

たいしてない荷物を小さな鞄に入れはじめると、かりかり、と窓が鳴った。目を向けると庭に面した窓の下のほうに、犬たちが飛びついてひっかいているのが見えて、アルフレッドは眉をひそめて仕方なく開けてやる。

「なんだよ。今忙しいんだ」
見下ろせば、犬は七匹勢揃いしている。この間と違うのは、みんな神妙な――睨むような目をしているいることだった。

《アルの馬鹿》
ボストンテリアのヒメが、四肢を踏ん張って今にも飛びつきそうな顔をして、暴言を吐く。馬鹿ったら馬鹿、と言われて少しばかりむっとすると、ヒメの隣のヤスオがくわっと口を開けた。
《そうだよ、アルは馬鹿だ。アルの尻尾はなんのためについてるんだよ！》
噛みつきそうな形相《ぎょうそう》でヤスオが吠える。
《犬が一番悲しいのは、ご主人様より先に死ぬことだよ。だから短い十年の間に、十倍愛情を伝えなきゃいけないのに、アルは自分が悲しいからって奈々斗を泣かすのかよ！》
《そーだそーだ！　アルの馬鹿！》
《犬の風上にも置けないやつ！》
《アル悪い子！》
《おっきいのにわるいこ！》
飛び跳ねながらトントンにまで言われて、アルフレッドはため息をついてボスを見た。
「傷つけてほしくないいんだろ。――俺は奈々斗を噛むかもしれないいんだぞ」

犬に向けてにしてはずいぶん真面目に言ったのに、ボスは少しだけ笑ったようだった。
《噛まなければいい》
こともなげに、ゆるゆると尻尾を振って、ボスは言う。
《我々の歯は確かに強いが、噛むものは他にある》
《ご主人様は舐めるものだよ》
ぽそっと、ボスの隣にいたジョンが初めて口を聞いた。見えないだろう目をまっすぐアルフレッドに向けて、彼も笑っていた。
《好きなら、優しく舐めればいいじゃないか》
舐めるって、それはそれで問題だろうとアルフレッドはもう一度ため息をつきそうになったが、みかんが悲しそうに見上げて前足を差し出したので、仕方なくしゃがんだ。
みかんはちょい、と促すようにアルフレッドに触れる。
《今も、泣いてるのよ、奈々斗》
「――」
《アルが行っちゃうのわかってるから、でも引きとめられないからって、こっそり泣いてるの》
《舐めに行きなよ》
《特別譲るから、舐めていいよ》

「……いいよ、譲ってくれなくても」

脱力しそうになってそう呟いて、けれど目の奥が熱かった。

そっと隣に意識を向ければ、確かに奈々斗は一人だった。声はしない。じっと息を殺して誰にも気づかれないようにしている。

寂しそうだ、と思うと捩じ切れそうに胸が痛む。泣かせたくないと思うのに、今、泣かせているのだと思うと——苦しくなる。

本当は犬たちの言うとおりにしたい。隣に行って抱きしめて、どこにも行かないから泣かなくていいと言って、その涙を舐めてやりたい。奈々斗が疲れて眠ってしまうまで、ただ抱きしめるだけでいい。

あの細い身体を抱きしめたい——飢えるようにそう思って、アルフレッドは唇を噛んだ。

そう、抱きしめたい、のだった。

すぐに旅立たねば、と思うのは、ずっと抱きしめていたいからだ。噛んで悪かったと謝って、冷たくして悪かったと言って、できる限りの優しさで包みたい。

今日奈々斗を抱きしめることは、いつかより深い悲しみをお互いに残すだろうけれど、それでも。

「——なあボス」

愚かな間違いだとわかっていて、どうして心は誰かを求めるのだろう。

傍にいる誰かを、望むんだろう。

「もし、次に俺が間違えて奈々斗を噛みそうになったらどうする？」

《そうしたら、みんなでアルをとめるよ》

そんなことか、と言いたげにボスは尻尾を振った。

《安心しなさい、犬だって牙はあるし、けっこう強いんだ》

「……そうだな」

七匹くらい束になっても、きっと歯止めにもならない。でも。

でも、今は――隣で泣いている奈々斗を、一人にしたくない。

長生きする分賢くなれればよかったのに、と思いながらアルフレッドは庭に下りた。思ったよりも明るくて、空を仰げば綺麗な満月だった。ざわりと心が揺れる。満月を見ても狼にはならないが、人は――生き物は月の満ち欠けに心を左右されるから、こういう夜は少し胸がざわつく。

それは寂しいのによく似ていた。落ち着かない、不安めいた心持ちだ。夜中に一人で月を見ると、死ぬまで独りだ、と感じて果てしない気持ちになる。

奈々斗も、今そう思っているだろうか。

軋む音をたてて窓を開けると、部屋の隅でうずくまっていた奈々斗がはっとしたように顔を上げた。頬はびっしょり濡れていて、潤んだ目がアルフレッドをとらえ、苦しげに伏せられる。

「アル……今まで好きになった人と、きっとたくさん、別れてきたんだよね」

泣くまいとするように震える声を聞くと、絞られるように身体が痛む。立てた両膝に顔を埋めて、自分の脚をきつく抱いて、奈々斗は「ごめんね」と呟いた。

「なにも知らないで、好きとか言ってごめんね。——俺、人間だもんね」

「——奈々斗」

「絶対アルより先に死んじゃうもんね。さっき、クリスと話してるの聞いちゃって……俺、すごく無神経だったなって、思って」

すすり上げて、奈々斗は「ごめんね」と繰り返した。

やっぱり泣くんだな、とアルフレッドは思う。

泣いてくれるんだな。

一番最初に涙を見せたときと同じように、泣かないアルフレッドのかわりのように、奈々斗は泣ける。その溢れるような感情が、どれほど眩しく見えるか、彼はきっと知らないのだ。

ゆっくり部屋の中に踏み込むと、床がぎしりと鳴った。追われる兎《うさぎ》のように奈々斗がびくりと身を竦めて、アルフレッドが傍に膝をつくといっそう小さく丸まった。

「俺が、怖くないか？」

くしゃくしゃに乱れてしまっている髪を撫でたいと思いながら声だけをかけると、奈々斗は弾かれたように顔を上げ、それから顔を歪めて横に首を振った。

「怖くないよ！　怖いわけないじゃん！」

「この前怪我しただろう。――その前も、痛い思いをさせた」

「痛いのくらい平気だよ。猫にだってひっかかれるし、ヤスオだっておやつ食べるとき目測誤《もくそく》って歯が当たるもん。――気にしてた？　手のこと」

痕の残る手を伸ばして、奈々斗のほうがアルフレッドに触れた。そうっと頬を撫でて、「ごめんね」と彼は言う。

「アルがなにも言わないから、俺が平気なのわかってるのかと思ってた。どっちかって言ったら、俺のせいで危ない目にあって、腹を立ててるのかもって……でも、アルは優しいんだから、そんなわけないよね」

丸い指先が優しく頬を滑って、アルフレッドは目を細める。手のあたたかさを心地よいと思うと、胸はいっそう痛かった。

「優しくないのは、もうわかってるだろう。噛むし身勝手だし、冷たいし、わがままだ。――強くもないし、自制心もない」

「……アル」

「半分狼で、人間じゃない」

自分を撫でる手をとらえて、チョコレートのような色をした奈々斗の目を覗き込んで、アルフレッドはそこに顔を近づけた。

長く舌を伸ばして、目尻から残った涙を掬《すく》い取る。

「……っ」

「狼でも、まだ傍にいてほしいと思えるか？」

ぱちん、と音のしそうな瞬きをして、奈々斗が淡く震えた。

「狼が、好きだよ」

しっとり熱い声で囁いて、奈々斗はほんのり微笑んだ。

「――好きだから、置いていかれたくないよ。ほんとは、ずっと一緒に……ずっといられたらいいって、思ってるよ、アル」

好き、ともう一度繰り返されて、燃えそうだな、とアルフレッドは思う。

「ひとつだけ約束してくれ」

その燃えそうな手を伸ばして奈々斗の背中に回して、アルフレッドは奈々斗の耳に口づけた。

「奈々斗がいなくなるときも、泣かないで、笑ってくれると約束してほしい」

「――それって、俺が死ぬとき？」

「ああ。ごめんねとか言うかわりに、『アルも早くおいで』って言ってくれ。誰か素敵な人を見つけろとか、幸せになってねとか、言われたくないんだ」

そっと抱きしめると、奈々斗はきつくアルフレッドを抱きしめ返した。

「わかった。約束する」

凛《りん》とした、力強い声で奈々斗は言う。

「絶対泣かないよ。——俺男で、大人だもん。もう、泣かないから」

「ありがとう」

自然とそう返して、アルフレッドはふっと不思議な気持ちになった。

誰かになにかをねだるのなんて、いつ以来だろう。

誰かに抱きしめられるのも、心のままに抱きしめるのも、ひどく久しぶりだった。

確かめるように奈々斗の背中から腰を撫でると、ひくんと揺れるその身体は手に馴染《なじ》む気がした。

痩せて細いウエストも摑むのにちょうどいい。

「……ん、アル、」

くすぐったがるように身を捩った奈々斗は、アルフレッドの顔を覗き込んで頰を膨らませた。

「あ、あんまり触らないで」

「嫌か？」

「……じゃなくて、俺、——その」

口ごもって唇を噛む奈々斗の顔は赤かった。なにを恥ずかしがっているのかよくわからなくて、アルフレッドは再びその目元を舐めてやる。

「嫌じゃないならいいだろう？」

「……あっ……」

舐めながら頭を支えようとうなじを撫で上げた途端、奈々斗はあまい声を上げてびくりとした。さらに真っ赤になった奈々斗は、アルフレッドの胸を押す。

「だからっ……また、すぐ、……た、勃っちゃうから……」

「なんだ、したいのか」

ほっとして、アルフレッドは思わず笑った。

「奈々斗は意外と大胆だな」

「ち、違うよ！　ただ、すごい久しぶりだし、その、なんかキスとか舐められるのとか、慣れてないし……っ」

逃げたそうにアルフレッドの胸を押すくせに、奈々斗の力は弱かった。耳まで赤くしているのを眺めて、アルフレッドは舌舐めずりしそうになるのを寸前で堪えた。

「大胆っていうのは、そういう意味じゃない。よく怖くないな、っていう意味だよ」

「……怖くは、ないよ」

ふっと力を抜いて、奈々斗はアルフレッドの胸のあたりで手を握る。

「恥ずかしいけど。この間――俺だけ、やらしい気持ちになったりして、アルに軽蔑《けいべつ》されただろうなって、思ってたから」

ぽそぽそと言い訳のように言う声がたまらなく愛しい。俯いたせいでしっとりと長い睫毛《まつげ》がよく見えて、薄くピンク色に上気したうなじは色っぽかった。

子供だ、と思っていたのに――ぞくりとするような欲を覚えて、アルフレッドはゆっくりと奈々斗の身体を抱き直した。

泣きやむまで、抱きしめるだけでもいいはずだったのに、とまらなくなりそうだ。

「――アル？」

空気が変わったのを察したのか、奈々斗が戸惑《とまど》うように顔を上げた。その隙を逃さずに唇をすばやくふさぐと、びくん、とまた奈々斗が震える。

「――んっ……」

強張った身体はすぐに委《ゆだ》ねるように力が抜けて、奈々斗の指がアルフレッドの服を握りしめる。キスしやすいように自然と傾いた首をさらに引き寄せて、舌でつつくと奈々斗は従順に唇をひらいた。

おとなしく待っていた舌を大きく舐めて、口腔《こうこう》の奥深くまで侵入する。上顎を喉のほうから舌でくすぐると、抱きしめた身体がぼうっと熱を帯びた。

「ん、……ん、っん、ぅ、」

喉を鳴らして、懸命に奈々斗が応えようとする。舌が絡《から》んでくちゅくちゅと音がたち、ほどなくして口の端から唾液が零れてしまうと、アルフレッドはそれをゆっくり舐めてやった。

「っ……ふ、あ、」

目を閉じ、口を半開きにしたまま喘《あえ》ぐ奈々斗はもう子供には見えなかった。濡れて光る唇は赤く、漏れる声はあえかだ。

手を脚の間へと滑らせると、奈々斗のそこは布ごしにも熱く硬くなっていて、アルフレッドに触れられるとびくんとする。

「やっ……や、撫でな、いで、」

「すごいな。どんどん硬くなる」

わざとからかうように、かたちをなぞるように撫でてやる。指をばらばらに動かして刺激すると奈々斗は息を何度もつめて、みるみる高まってゆく。

「……っ、アル、ん、あ、あ、」

とめるつもりなのか、アルフレッドの手を摑むのに、力がこもっていない。アルフレッドの手首に弱く絡んだ奈々斗の指は、逆にねだっているようにも見えた。擦り立てるとやがてぬるぬるとしてきて、アルフレッドは焦らすようにゆっくりと下着を押し下げた。

綺麗な色をした性器が、濡れて光って、誘うように揺れる。

「泣かないって言ったのに、ここは泣いてるじゃないか」

「っ……おやじくさいこと、言わないでよ！」

泣きそうな声を出した奈々斗に笑って、アルフレッドは身をかがめた。敏感になっているだろうそれをぱくりとくわえると、奈々斗は背をしならせるようにして跳ねた。

「アルッ……、うそ、だめだよ、……あ、」

焦った声とは裏腹に、奈々斗の分身は素直だった。舌を絡めて扱《しご》き上げるとどんどん先から零れてきて、アルフレッドはすすり上げてやる。

「奈々斗のは、甘いな。——全然泣きやまない」

「う、だって……っ、あ、気持ちいいんだもん……こんなの、されたことないし」

「誰にも？」

「誰にもだよ……、ん、あ、吸わないで、あっ」

わざと音をたてて舐め、吸い上げると、奈々斗はちいさく痙攣した。短い、つたない声を上げて達してしまう無防備な表情を眺めながら、アルフレッドは放たれた精液を飲み干した。

それから脱力した下腹部を舐め、体液の滴った茂みや脚の付け根を擦るように舐めると、その度奈々斗は不規則に震えた。

「あんまり、舐めないでよ。……お風呂、まだだった、から」

「おいしいよ。――いい匂いがする」

「んっ……や、あ、っ……」

再び勃ち上がりかけた性器を指で避け、その付け根の裏側に口づける。きゅっと締まった袋からさらに下のほうへ舌を滑らせ、窄まった蕾をつつくと、「やだ……っ」と泣きそうな声があがった。

「痛くはしないよ」

なにを嫌がっているかわかっていて、アルフレッドはあえてそう言った。そうして手で奈々斗の尻を左右にひらき、閉じたそうなそこを晒《さら》させて、尖らせた舌を押し込んだ。

「あ――っ」

きゅう、と奈々斗が身体をしならせる。背中を浮かせるようにして弓なりになった身体をなんなく腕で押さえ込んで、アルフレッドは小刻みに舌を動かした。

唾液を注ぎ込むようにしながら少しずつ奥へと征服していくと、奈々斗の性器が徐々に張りつめていくのがよくわかった。

「はあっ、あ、んっ……は、あ、」

大きく喘ぐように零れる声も、もう嫌とは言わない。ひくひくと腹を波打たせて、なすがまま快感を受け入れる仕草は素直で可愛らしい。

（……奈々斗は、全部素直なんだな）

心も、表情も、身体もまっすぐなのだ、と思うと、たまらなくなった。よく今まで無事だったものだ。あやうく鷲坂には傷つけられるところだったし、実際、奈々斗の人生は害されているけれど——とても一人にできるはずがない、と改めて思う。

途中で置いて出なくてよかった。

今こうして——抱きしめられてよかった。

アルフレッドは舌を抜き、かわりにとろりとほぐれたそこに指を差し入れた。

「……あ、あ……っ」

少し苦しげな声を出すものの、奈々斗の孔はやんわりとアルフレッドの指を飲み込んでゆく。身体を起こして顔を覗き込むと、奈々斗はぼんやりとけむった目を向けた。

「アル……アルは？」

「俺？」

「……したく、ない？」

不安そうに奈々斗の瞳が揺れて、胸の奥からあたたかくなる。

「してるよ」

それはどこか誇らしい気持ちだった。愛しく思う相手に、望まれる誇らしさ。

「今、準備してるだろ。――準備はしてるけど、けっこうつらいと思うぞ」

「痛いってこと？　それなら平気だよ」

短くキスすると、奈々斗は首筋に腕を回してくる。抱きしめられて、アルフレッドは奈々斗の耳元に鼻先を寄せた。

「痛いより、きっともっとつらい」

「平気だよ。……アルが好きだから」

ああほら、なんてまっすぐなんだ。

「――あとで後悔しても、途中ではやめてやれないからな」

今すぐ中に入ってしまいたいのを堪えて囁いて、アルフレッドは二本目の指を差し込んだ。抜き差しを慎重に繰り返し、そこがきちんと拡《ひろ》がっていることを確かめてから、アルフレッドは服を脱ぎ捨てる。

そそり立った自分の分身に手を添えて奈々斗を見下ろすと、奈々斗はうっとりしたように微笑んだ。

「よかった。――アルも気持ちいいんだね」

「……気持ちいいよ」

単純な快楽とは別に、もっと違う意味でも気持ちがよかった。微笑み返してみせて奈々斗の脚に手をかけると、奈々斗は協力するように自分でひらいてくれる。

大きく露わにされた繋がるための場所に切っ先を宛《あ》てがっても、奈々斗は息を吐いて力を抜こうと努力していて、少しだけ申し訳なくなる。それでも、やめることはできなかった。

「……っ、く、ぁ、ん、」

押し進むと、熱い粘膜《ねんまく》がみちみちと拡がりながらアルフレッドを迎える。閉じたそうに吸いついてくる内壁《ないへき》をこじ開けるようにして、奥へ、深くへと入っていくのはたまらない快感だった。

「──う、っ、ん、……っ」

苦しげな奈々斗の声にさえ、自分がいっそう猛《たけ》っていくのがわかる。中程まで、それからゆっくりと根元まで埋めてしまうと、ぴったり包み込まれる感触に目眩がした。

「……痛くないか？」

「大丈夫……すごく、へんな、感じ、だけど」

切れ切れに奈々斗は息をつく。アルフレッドは唇を舐めて彼を見下ろして、ゆっくりと腰を揺すり上げた。

「────っ、あっ……あ、あ！」

ぐり、とアルフレッドの塊が奈々斗の中を抉る。いつもより硬い気がするな、と思いながらアルフレッドは押しつけるようにして、小刻みに揺する。

「あ、っ、ひ、あ、アッ、……そこ、あっ！」

膨れた根元がわずかに行き来する度に、奈々斗が悲鳴のような声をあげた。きゅうっと奥のほうが収縮し、もっていかれそうな感触にアルフレッドは眉をひそめながら、奈々斗の頬を撫でた。

「悪いな。――一番感じるところに、当たるだろう？」

「ん、あたってっ……あ、ア、あっん……っ」

ひくひくっ、と跳ねて奈々斗が達してしまう。内壁も細かく痙攣してアルフレッドを締めつけてきて、可哀想だと思いつつ動くのはとめられなかった。

ゆるく、少しだけ強く――深い場所まで、突き上げる。

「――ひあっ……あ……ッ」

「半分、狼だからな――根元に、こぶができるんだ」

「やあっ、あ、だめ、動かないで……っ、あ、また、ア、」

こりこりと動く奈々斗の一番気持ちいい場所を、変形したアルフレッドの性器が捏《こ》ねるように刺激する。収縮して締めつけられるのも、擦れる感触もたまらなくよくて、アルフレッドは跳ねる奈々斗の身体を抱きすくめるようにして、休みなく突き上げた。

濡れた性器と奈々斗の粘膜が、擦れてにちゅにちゅと音がする。

「痛いよりつらいって、言っただろ」

「あ……あ、っ、あ……！」

「時間もかかるし、変形してるし――俺が達《い》くまでは、泣いてもやめてやれない」

「アルっ……あ、また、……出、……っ」

乱暴に動いてもこぶのせいで結合が外れることはない。きゅうきゅうと締めつけながら再び精液を零す奈々斗に口づけて、アルフレッドは「悪いな」と囁いた。

せめて少しでも早く終わらせて、楽にしてやろう、と思ったのに、快感のせいでか眦《まなじり》から涙を零した奈々斗は、荒い息をつきながらアルフレッドを見上げた。

「――嬉しいよ、俺」

「……奈々斗」

「入れられるのって、ちょっと怖いなって思ってたけど――変な、感じ、だけど。――すごく、嬉しい気が、する」

そう言って、震えて力のこもらない腕で抱きしめられて、アルフレッドは目を閉じた。

黙ったまま奈々斗の髪を撫で、キスをして、身体の奥深くからこみ上げる満ち足りた熱を感じる。

「んっ……アル、大きくなってない？　……あ、あ、……っ」

自然と動いてしまうのがとめられなくて、けれどとめる気もなく、アルフレッドは奈々斗を抱きしめた。

「奈々斗。――好きだ」

弱くてすぐ壊れてしまう生き物なのに、奈々斗はこんなにもあたたかく包み込んでくれる。穿《うが》たれて、それでも受け入れて、いっぱいにひらいて繋がって、――嬉しい、なんて。

愛してる、と言いながら突き上げて、奈々斗が答えられないまままた達するのを感じながら、アルフレッドも同じように証《あかし》を吐き出した。

それは本当に久しぶりに――充足感をともなう、悦《よろこ》びと呼べる快感だった。

くわっ、と遠慮のない欠伸《あくび》をしながらハリーが荷物を肩に担《かつ》ぎ直して、アルフレッドを見上げる。

「じゃ、先に帰るけど。――約束したんだから、墓参りに来いよ、アルフ」

「行くよ」

肩を竦めて応えてアルフレッドは隣に並んだ奈々斗を見下ろした。寝不足の顔をして疲れた様子の奈々斗は、それでも笑って「また来てくださいね」とハリーに言う。

「マタ来ルヨ」

頷いて請けあうハリーの横で、クリスが時計を確認してちらりと視線を寄越した。

「そろそろ行きましょうハリー。我々も寝不足ですから、飛行機の中ではゆっくり寝たいですし」

嫌味ったらしい口のきき方と笑顔をして、クリスはアルフレッドと奈々斗を比べ見る。

「奈々斗さんもお疲れみたいですしね？」

「だ、大丈夫です」

ぼっ、と奈々斗が赤くなった。ハリーがまた欠伸をしながら、アルフレッドに恨みがましい目を向けてくる。

「間に部屋一個挟んでんのに声聞こえたぞ。あんま無理させるの、よくないと思う」

「――うるさい」

「そっちは文字どおりうるさかっただろ。眠いよ俺」

アルフレッドを睨んで文句を言ったハリーは、それでも仕方なさそうにため息をつく。

「でも、よかった。――アルフ、無理して出ていかなくてよかったじゃん」

「本当ですよね。だだっ子みたいに意地を張らなければ、いろいろこじれないですんだかもしれなかったんですけどね」

クリスが口を挟んできて、にこやかな顔を奈々斗に向けた。

「いったん帰国しますけど、次に来るときにはなにか役に立ちそうな薬とか、道具を用意してきますから、それまであんまりアルフを野放しにしないほうがいいですよ。もういい大人なんだからもう少し自制心があるだろうと思ったんですが、明け方まで好き放題するような野獣だとは――」

「クリス！」
怒鳴ったアルフレッドにクリスは面白がるような目を向けてきて、アルフレッドはいたたまれなさに咳払《せきばら》いした。
「自制くらいできる」
「だといいんですけど、私は自信がなくなりました。アルフは長には向いてないような気がしてきました よ」
「アルは我慢強いと思いますよ？」
きょとんとした顔で奈々斗が言った。
「だって、昨日は一回も噛まなかったし。あと俺、体力には自信あるから、大丈夫です」
任せてください、とガッツポーズをしてみせる奈々斗に、アルフレッドはへたり込みたくなった。
――意外と恥ずかしいことを堂々と言うよな、と思う。それとも、無自覚なのか。
《噛まなかったんだって》
《舐めたんだねー》
《わたしたちのアドバイスを聞いたのねー》
《舐めたんだー》
「……うるさい」

後ろの犬たちも好き放題なことを言うのにアルフレッドは力なく呟いて、しっし、と手を振った。

「早く行かないと飛行機乗りそびれるぞ。さっさと行けって」

「はいはい。それじゃまた近いうちに」

にこっとしたクリスが奈々斗と握手して、やっと玄関から出ていく。またなー、と手を振るハリーを見送って奈々斗は外まで出て、やがて戻ってきた。

「アル、座り込んだりして大丈夫？　疲れた？」

「――いや」

いろいろげんなりして玄関に座り込んでいたアルフレッドは、奈々斗の心配そうな声に立ち上がって、そっと奈々斗に手を伸ばした。

奈々斗の手が背中に回って、怖れげもなくアルフレッドを抱きしめてくれる。やわらかく、あたたかで、確かな生き物の体温が、アルフレッドに寄り添って、あまく優しい声を出す。

「アル？」

抱きしめていると、今までどれほど飢えていたのかを思い知る。本当はずっと、誰かを――愛する人を抱きしめたかった。

クリスに言われるまでもなく、自制しないといけないな、とアルフレッドは思う。

おとぎ話は現実には難しいけれど――せめて奈々斗にとって、自分と過ごす時間が幸福だけで満たされるように、百年後は泣いてもいい、と思う。

独りで泣いてもいい。

だから今は、この愛しい存在とともにありたい。

「――散歩にでも行くか。……その、身体がつらくなかったら」

溢れそうな愛しさを押し隠し、できるだけなにげない声で言ってこめかみにキスを贈ると、奈々斗はくすぐったそうに首を竦めて笑った。

「うん、いいね。全然歩けるよ」

ちゅ、と短いキスを唇に返されて、アルフレッドは一瞬驚いて、それから笑った。

人間だけど
いいですか？

町奈々斗《まちななと》の朝は早い。

なぜなら犬というのはたいてい早起きだからで、七匹も同居している奈々斗の家は、必然的に朝が早いのだ。

今朝も目がさめたのは六時だったが、奈々斗が布団《ふとん》からそっと顔を出したときには、犬以外の同居人であるアルフレッド・ミグネイルはもう台所に立っていた。しゅんしゅんとお湯の沸《わ》く音がしていて、彼は流しにかるく尻を預けて、考え事でもしているのか、空中を見つめている。

（……綺麗な人だなあ）

黙って表情を消しているアルフレッドはどこか神々《こうごう》しくも見える。今は陰って黒く見える目は陽《ひ》の下では青く、長めの髪とあいまって、普通の人間とは違う生き物のような不思議な雰囲気がある——と思うのは、彼の正体がわかっているからだろうか。

アルフレッドは人狼《じんろう》なのだ。

人の姿をした、人ならざるもの。

狼《おおかみ》になると黒く美しい毛に覆われた身体《からだ》がとても綺麗で、大きくて立派で、うっとりするほど素敵なのだけれど、アルフレッド自身は狼になるのは嫌いらしい。昔にいろいろ嫌な思い出があったらしく、奈々斗はもったいないと思いつつ、「狼になってよ」とは言わずにいる。

本当は狼の姿のアルフレッドにも、ぎゅっと抱きつけたら、アルフレッドにもわかってもらえるんじゃないかな、と思うのだけれど。

どれだけ自分がアルフレッドを好きか、彼に感謝しているか、なにかを返したいと考えているかが、伝わる気がするのだけれど。

静かなアルフレッドの横顔に、昔のことを思い出してるのかな、と思いながら、奈々斗は朝の挨拶《あいさつ》をするのも忘れて彼を見つめた。冷たいほど整った横顔を見ているのは嫌いではないけれど、ときどきちょっと心配になる。

アルフレッドは、奈々斗の元に留まったことを後悔しているのではないか、と思ってしまうのだ。一貫してずっと旅立ちたがっていたアルフレッドが結局今もここにいて、毎日ごはんを作ってくれて、奈々斗に優しい声をかけてくれるのは、奈々斗がそう望んだからに他ならない。あのときはアルフレッドには多少罪滅ぼしの気持ちがあったに違いなく、一ヶ月経ったら「やっぱり出ていけばよかった」と思いはじめてもおかしくないだろう。

人の気持ちは変わるものだし、と思いながら、奈々斗はやっと起き上がった。目覚めたように瞬《まばた》いてこちらを向いたアルフレッドに「おはよう」と笑ってみせて、傍《そば》に歩み寄る。

「いい匂い。俺、ごはんの炊ける匂いって好き」

言いながら、奈々斗は思いきって伸び上がった。高い位置にあるアルフレッドの唇に向けて、ほんのかるくキスをするつもりだったのだが。

「――朝から食い意地が張ってるな」

あっさりと逃げたアルフレッドは顔を背《そむ》けて、小さな声で「selbstbeherrachung」と呟《つぶや》いた。それから手を伸ばし、ぽん、とかるく奈々斗の頭に触れる。

「すぐに作るから、顔洗ってこい」

「うん。……おはよトントン、ヒメ、みかん。今ごはんにするね」

落胆《らくたん》してしまったのを悟られないよう笑顔を作って、わらわら寄ってきた犬たちを撫《な》でながら洗面所に向かい、奈々斗はこっそり廊下に置きっぱなしの自分の鞄《かばん》の中を覗《のぞ》いた。

一ヶ月前、アルフレッドの仲間であるクリスたちが帰国する際に、見送りに出た奈々斗にクリスが手渡してくれたものが、鞄の中には忍ばせてある。「余ってまして、もう必要ありませんから」とクリスがウインクしたそれは、ピンを引き抜くと煙が出る装置で、ハリーが最初にアルフレッドに使ったのと同じものだった。

狼型から人に戻っても、耳と尻尾《しっぽ》が出しっぱなしになるアレだ。

もらったときは、さっそく使ってまた耳と尻尾が出しっぱなしになったら、今度こそアルフレッドの耳と尻尾をたくさん触らせてもらおうと思っていた。狼の耳がぴんと頭から飛び出したアルフレッドはかっこいいのに可愛くて、あのアルフレッドに抱きつけたらとても楽しいだろうし、また夜寝るときに尻尾を巻きつけてもらいたかった。

それなのに。

（……アル、俺からちょっとでも近づいて、キスしたり抱きついたりしようとすると、絶対逃げるんだよなあ）

せっかく好きだと告げて、エッチなこともして、たぶん今の自分たちは、曲がりなりにも恋人と呼んでいいはずだった。

でも、実際は、あれきりキスだって一度もしていない。ここ一月——二人きりになってからずっと、奈々斗が親密な素振《そぶ》りをとろうとすると、たぶんドイツ語らしい単語をちいさく呟いては、さりげなく奈々斗を退《しりぞ》けてしまう。

（ウザいとか、めんどくさい、とかいう単語だったらどうしよう）

よく聞き取れない単語は奈々斗には聞き覚えがないが、近い音の単語を辞書で引けば、意味がわかるかもしれないとは思う。でも、調べる勇気が奈々斗にはなかった。

ため息をつきそうになって、奈々斗は装置をしまって顔を洗った。

あれだけあからさまに避けられたら、どんなに楽天的で鈍い人間でも、恋人っぽい振る舞いがアルフレッドには嫌なのだ、と気づくだろう。

ただの人間だから、男だから、若いから、性格が子供っぽいから、あの日の奈々斗が朝まで保《も》たずにアルフレッドが満足できなかったから——アルフレッドが触れることさえ躊躇《ためら》いがちな原因はたくさん思いつけて、どれもこれもいかにもありそうなのが、奈々斗の目下《もっか》の気がかりだった。

（……アルにぎゅってされるの、すごくほっとできて、好きなんだけどな）

そういうのが好き、気持ちいい、と思うのも、アルフレッドにとっては我慢ができない子供みたいに感じられるのだろうか。

最初アルにキスをしたとき、すごく緊張して興奮してしまったし——ちゃんと結ばれた夜だって、声を我慢することができなくて、何度達したのかは覚えていないほどだ。

抱きしめられて気持ちよくて、抱きしめ返して、痛くなかったと言ったら嘘になるけれど、痛みなんかよりずっと、舞い上がっていきそうな気持ちよさのほうが記憶に残っている。

抱きしめあって、同じひとつのことを分けあうというのは、とても幸せだと思えた。かつて女の子とセックスしたときは、気持ちよさも充足感も、ああこういう感じだよね、という予想の範囲を出ないものだったのに、アルに触れられるのは——震えて、とまらなくなる激しさがある。

だが——アルは、違ったのだろうか。

「経験、あっちのほうがいっぱいあるしなあ」

「奈々斗、もうできるぞ」

「今行く!!」

呟いたのとほぼ同時に台所からかけられた声に応《こた》えて、奈々斗はもう一度鏡を見直した。日本人の中にあっても童顔な顔は、確かにアルフレッドには好みではないのだろうけれど。

「……俺、ちゃんと好きって言ったよ、アル」

ただの寂しさか友情か、それとも恋か、区別がつくくらいには大人だ。

「アルだって、好きって言ったじゃん」

拗《す》ねたい気持ちでそう呟いて、奈々斗はその愚痴《ぐち》をなかったことにした。とてもアルフレッドには言えない。

できることといえば元気な顔をしてたくさんごはんを食べて、今がとても幸せだとアピールして、アルフレッドに「傍にいてくれてありがとう」という感謝の気持ちを伝えることだけだ。

「よし！」

ちいさくかけ声をかけて気持ちを切りかえ、犬たちに餌《えさ》をやり、落ち着いたところで二人でテーブルについて「いただきます」と手をあわせた。

「今日はバイト二つ掛け持ちだけど、夜はそんなに遅くならないと思う」

ほどよく半熟に焼けた目玉焼きを食べながら奈々斗がそう言うと、アルフレッドは向かいの席で少し微妙な顔をした。

「バイトのことだけどな、奈々斗」

「？　うん」

「あんまりつめ込まないで、なんなら全部辞めて、大学に戻ったほうがいいと思うんだが」

真面目な顔で言われ、奈々斗は予想外な台詞《せりふ》に目を丸くした。ごくんと目玉焼きを飲み込んで問い返す。

「でも、バイトしないと暮らせないし」

「金は余ってる。口座に入れておくから、生活費ならそこから出せば田畑の世話にならなくてもすむし、学費もまかなえると思うぞ。——大学で勉強なんて、誰でもできるわけじゃないし、せっかく入ったならちゃんと卒業しておいたほうがいい」

「……」

普通の大人みたいなこと言うなあ、と半分思い、残りの半分は納得できない気持ちで、奈々斗は箸《はし》を置いた。

「でもそれ、アルのお金じゃん。俺が使うわけにはいかないよ」

「俺が持ってても使わない。——それに、一緒に暮らしてるんだから、俺が負担する分があってもいいだろう」

わずかに視線を外してアルフレッドはそう言って、話は終わりだというようにスープを飲んだ。最近は朝食に目玉焼きと野菜を添えるだけでなく、スープまで作ってくれるようになっていて、おいしくて奈々斗も気に入っているのだが、そういえば二人分に増えたはずの食費も、それほどかかっていない、と唐突《とうとつ》に気づく。

普段、買い物をしてくれているのはアルフレッドだ。まさか、すでにアルフレッドのお金を使っていたのだろうか。

ありがたい、と思うより先に、悔《くや》しい気がした。

「……自分の生活費は自分でなんとかできるよ」

ありがとう、考えてみる、と言えばすむとわかっていて、奈々斗はそう言ってしまった。思った以上に硬い声になって、アルフレッドが気まずげな視線を寄越したのが、奈々斗には余計に悲しくて、音をたてて立ち上がる。

「ごちそうさま。行ってきます」

悲しいような苛立《いらだ》ちにまかせて鞄を摑み、そのまま玄関に向かって、奈々斗は唇を噛んだ。

役に立たないお荷物になったみたいで、悔しくて悲しい。

なんでもできて、人間よりもずっと長生きなアルフレッドからしたら、奈々斗なんてほんの子供で役に立たなくて当たり前かもしれないけれど——庇護《ひご》してほしくて「好き」と言ったわけじゃない。寂しくて、一人でいたくなかったのは事実だけれど、好きだと思ったのはそれだけが理由なわけじゃない。

そのはずだ、と、思うのだけれど。

キスもしない、抱きしめあうこともない状態で、ごはんを作ってもらい、掃除や散歩を分担してもらって、その上金銭面でも面倒を見てもらったりしたら、奈々斗の気持ちも歪《ゆが》んでしか見えなくなりそうだった。

（……自信なくなるじゃん）

さんさんと注ぐ夏の陽射《ひざ》しとは真逆《まぎゃく》に、どんよりした気持ちのまま、奈々斗はとぼとぼと歩きはじめた。

コンビニのバイトの休憩時間、奥のスタッフルームに入ると、奈々斗の前に休憩していた先輩女性の読んでいたらしい雑誌が机の上に残っていた。表紙には六月号と印刷されていて、一月か二月分古いもののようだった。どうして古い雑誌なんか、と思って奈々斗は表紙に踊る見出しを読んで、ちょっとだけ微笑んだ。

今年後半の運勢を上げる星占い特集。

そういえば先輩やたらと占い好きだっけ、と思い出しながら、女の子ってそういうの好きだよなあ、とカフェオレのパックを開けて椅子に座り、それから奈々斗はふと表紙を見直した。

恋愛運、仕事運、金銭運、健康運、全体運。見出しの脇にはそんな文字が並んでいて、この半年はずいぶんいろいろあったなあ、としみじみする。

半年前のことなんて、もうずっと昔のことのような気がした。半年前には両親が死ぬなど思いもしなかったし、三ヶ月前には誰かと一緒に暮らすことになるなど思いもしなかった。

三ヶ月後って、どうなってるんだろう。

ふっと胸に差した疑問は、思いついてしまうと消してしまうのは難しかった。奈々斗はなんとなく後ろめたい気持ちで手を伸ばして、ぺらりと雑誌をめくる。

「ええと、四月十二日生まれだから、牡羊座、かな？」

星座別に分けて書かれている運勢の欄《らん》を、「そんなに気になるわけじゃないけど」と言い訳をしながら探すと、全体運は星マークが三つ、仕事運も三つ、恋愛運は一つ、健康運は星五つ、金銭運は星四つ、になっていた。

「牡羊座のあなたは、まずまずの半年を送れそう。心身ともに充実して、仕事と健康は油断しなければばっちりです。思わぬ幸運にめぐまれて大金が転がり込むかもしれません――」

ちいさく声に出して読み上げて、奈々斗は思わず眉を寄せる。

アルフレッドに金は出すみたいなことを言われたあとで読むと、当たっている気がして怖い。彼のおかげで食事もちゃんとしているから健康だし、バイト先をくびになるような予定もなく、安定しているといえば、している。

占いってけっこう当たるんだな、と感心しながら読み進めると、「そのかわり、自分のことを優先しすぎて、恋愛運は今ひとつ。相手を尊重する気持ちを忘れてしまうと、破局してしまうかも!?　今パートナーがいない人は、焦《あせ》って探さないほうが吉」などと書かれていて、ますます顔をしかめてしまう。

「そ、尊重は、してると、思うけどな」

それともやっぱり、我《が》を通しすぎだろうか。

ふっと、今朝の遠い目をしていたアルフレッドの顔を思い出す。

人間よりずっと長生きな人狼という種族で、何人もの人と別れてきたというアルフレッドには、奈々斗の知らない記憶がたくさんある。たくさんの別れのせいで、アルフレッドがずいぶん頑《かたく》なに、奈々斗とは暮らしたくないと言っていたことまで思い出してしまうと、奈々斗はため息をつくしかなかった。

——わがままは、いっぱい言っている。

ちくん、と胸が痛む。

奈々斗が気がつかないだけで、毎日の態度も、どこかアルフレッドにはわがままに見えているだろうか。そのせいで最近よく、遠い目をしているのだとしたら？

不安が募《つの》ってきて、携帯電話を取り出しかけたとき、室内の呼び出し電話が音をたてた。レジが混んできたのだろう。一人で悶々《もんもん》と休憩しているよりは身体を動かせたほうがいい、とほっとして外に出て、並んだお客さんをさばくと、先輩が申し訳なさそうに振り返った。

「ありがと、ごめんね。まだ休憩時間あるよね、休んでいいよ」

「いいです、休憩室にいても退屈だし。……休憩室にあった雑誌って、先輩の？」

「あ、読んだ？　あたしのじゃなくて、ずっと休憩室にあるんだあ。あたしの今年後半あんまりぱっとしないみたいで憂鬱《ゆううつ》なんだけど、町くんどうだった？」

期待に満ちた目で聞かれ、奈々斗は苦笑してしまう。

「んー。あんまり悪くないと思います。占いってあんまり見たことないから判断つかないけど」

「あ、さては占い信じてないから、とかいうタイプ？　星占いは馬鹿にならないんだよ」

制服の腰に手を当てて、彼女は客がいないのをいいことに、身体ごと奈々斗のほうを向いた。

「なにもしてないはずなのに、悪いことが続くときってあるじゃない？　ああいうのって、やっぱり星の巡り合わせだと思うのよ。誰も悪くないのにうまくいかないとかさ……あるでしょ」

「それは——わかります」

確かに自分のこの半年は、客観的に見てもけっこうよくないこと続きだろうなあ、と思って奈々斗は頷《うなず》いた。先輩は得意げに頷き返す。

「だからさ、なんでなんだよー、って文句言いたくなったときは、星の巡り合わせが悪いからだ、って思うことにしてるの。そうするとけっこう諦《あきら》めがつくし、またいい時も巡ってくるよね、って思えるもの。従ってあたしに彼氏ができないのはあたしのせいじゃなく、時期が悪いだけなのよ」

あたしのせいじゃないの、と繰り返され、奈々斗は「そうなんですね」と曖昧《あいまい》に笑みを返した。そんな奈々斗を眺《なが》めて、先輩はちょっとだけ恥ずかしそうに、肩で揃えた髪を指でひっぱった。

「信じてない人には笑われるけどさ、天気予報みたいな感じなの。いいことはそのまま受け取ればいいけど、ちょっと悪いことも書いてあるでしょ。たとえば怪我するかも、とか。そしたら気をつけよう、って思うじゃない。気をつけて無事に過ごせれば最高だもの、浮かれてないでちゃんと気を引きしめておきましょうねっていう、ちょっとしたアドバイスじゃないかなあと思うんだ」

「なるほど」

それはわかる気がする、と奈々斗は思う。先輩に言われたからといって、占いを頭から信じる気にはなれないし、いちいち気にしていたらやってられないよなと思うけれど、備えとして少し気をつけるとか、振り返ることができるのは、無駄ではないのかもしれない。

特に、今のようなときは。

「町くん、占い気にするなんて、もしかして好きな人でもできたの？」

先輩が興味津々《しんしん》な顔で身を乗り出してきて、奈々斗はなんと答えるべきか困ってしまう。その顔を見て、先輩はにんまりした。

「やっぱりー。あれじゃない？　このあいだ、お礼をしたいんだけど、どうしたらいいかわかんないって相談してくれた人？　確かすごく背が高くて美人だっていう年上のお姉さんだっけ？」

「違います！」

慌《あわ》てて否定したところで、折よく自動ドアから客が入ってきて、奈々斗はそっとレジを離れた。

あのとき――何年ぶりかの風邪をひいてしまったあと、アルフレッドになにかお礼がしたくて先輩に相談したことは後悔していないけれど、今回は相談はできないなあ、と思う。

（……だって、半分くらい俺のわがままだもんね）

「ついでだから品出しします」

恨《うら》めしそうな視線を寄越す彼女を残して商品の棚《たな》に回り込みながら、やっぱり我慢しておこう、と奈々斗は決める。

大学のお金を出してもらうわけにはいかないけど、他のことはアルフレッドを尊重しよう、と思う。今までだってないがしろにしたつもりはないけど、もう少し気を配ろう。

「――アルに触るの、好きなんだけどな」

チョコレート菓子の箱の陳列《ちんれつ》を直しつつ、奈々斗はそっと独りごちて俯《うつむ》いた。

人の姿をしているときでも、アルフレッドの身体のどこかに触れるとひどくほっとする。一番好きなのは胸に耳をつけて、ゆっくりした心臓の音を聞くことだけれど……アルはきっと嫌なのだろう。最初に一緒に寝たいと言ったときも、「子供じゃないんだから」と呆《あき》れられたし。

（……やっぱり、見た目が子供っぽいからっていうのも、あるかなあ……）

視線を動かして窓のほうを見ると、夜の暗い窓は店内を反射していて、そういえば最初は高校生だと思われていたんだっけ、と奈々斗は思い出す。

アルフレッドは人間はすぐに大人になると言ったけれど、大人になってもアルフレッドには追いつける気がしない。

せめて、外見だけでも大人っぽくしてみようか。

わがままを言わないようにして、言動もできるだけ落ち着いた大人のようにして、見た目も子供っぽくないようにして——できることをやってみてからでも、あの単語の意味を調べるのは遅くないはずだ。

よしそうしよう、と決めると、少し気持ちが前向きになった気がした。

バイトを終えた奈々斗は、帰宅したあと、風呂から上がったところでカミソリを手に取った。

アルフレッドが、髭《ひげ》を剃《そ》るのはカミソリがいい、電動は嫌いだと言って買ってきたそれを持って、まじまじと鏡を覗き込む。

「……この猫っ毛が、子供っぽいよなあ」

もっと、きりっとした感じの——軍人みたいな髪型だったら、男らしく大人っぽい感じになるはずだ。コンビニのファッション雑誌をいくつか見比べた限りでは、長いよりも短いほうが、大人っぽく見えた。

「このへん、を……なくすと、いいのかな」

首を捩《ひね》ってうなじを鏡に映《うつ》し、よく見えないながら刃を当てて、思いきって滑らせると、じょり、と剃れる感触があった。これならできそう、とほっとして、もう一度刃を当て直した直後、ぴりりとした痛みが走って、奈々斗は慌ててそこを押さえた。

「いった……」

押さえた指を離すと、線状に血がついてくる。切っちゃった、と顔をしかめるのと同時にドアがすごい勢いで開いて、奈々斗は目を見ひらいた。

「どうしたっ……？」

焦ったような表情で忙《せわ》しなく視線を動かしたアルフレッドが奈々斗のうなじに目をとめて、奈々斗はそこを隠しながら首を振った。

「なんでもない。ちょっと切っただけ」

「ちょっとって、なんでそんなところを」

「……髪、剃ろうかなと思って……」

「馬鹿」

険しい目をして、アルフレッドは奈々斗の手からカミソリを取り上げた。

「使い慣れてないもので無茶するなよ。だいたい、なんで髪剃るんだよ」

「──そんなにたいした傷じゃないよ」

また親みたいな言い方して、と思ってややむっとして、奈々斗はアルフレッドを睨《にら》み返す。

「こんなのちょっと舐《な》めとけば治るもん」

「──誰が舐めるんだよ、首の後ろを」

呆れたようにため息をついたアルフレッドは、またちいさくあの単語を呟いて顔を逸《そ》らした。

「それに、服くらい着ろ。裸でうろうろするな」

「だって風呂上がりだよ。うろうろしてないし」

「早く着ろ」

傍のかごに入れていたTシャツをアルフレッドは拾い上げて、奈々斗のほうを見ないまま差し出してくる。唇を尖《とが》らせたい気持ちでそれを受け取ると、アルフレッドはもう一度ため息をついた。

「あんまり無防備になるんじゃねえよ」

今度こそ、奈々斗もむっとした。パンツははいていて全裸なわけじゃないし、ちょっと奈々斗が痛いと言っただけで勝手にドアを開けたのはアルフレッドのほうなのに、言いがかりじゃないか、と思う。

「べつに無防備じゃないよ。それに無防備だからなんだっていうの？　また噛むぞとかおどすつもり？」

不機嫌な奈々斗の声に、アルフレッドは一瞬きまり悪げな視線を寄越して、背を向けた。せまい脱衣所を出ていきながら、彼はぶっきらぼうに言う。

「あんまり煽《あお》るなよ。感情的になると抑《おさ》えがきかなくなるって言っただろう。襲われたくないだろ、奈々斗だって」

「――いいよ、襲ってよ」

「は？」

苛立ったままの奈々斗の台詞に、アルフレッドも眉をひそめて振り返った。

「襲ってってなあ……奈々斗はなんだってそう能天気で無防備なんだよ。意味わかってるのか？」

「わかんないよ！」

アルフレッドの言う「襲う」がどっちの意味かなんて、奈々斗にはわからない。でも、どっちだろうがよかった。

「わかんないけど、……だって、アルが好きなんだよ」

ほとんど悲しくなって、奈々斗は言い返した。

「俺言ったよね、べつにアルに食べられたっていいよ。それをアルのせいにしたりしないから。今日食べられて、本当だったら何十年も一緒に暮らせたのがふいになったとしたって、それは強《し》いていえば俺のせいだもん。誰かを恨んだり、後悔したりしないよ」

ああ、八つ当たりだ、と頭のどこかでわかってはいた。

言われたアルフレッドが傷ついたように表情を曇らせて、それを隠すように横を向いた。

「奈々斗がよくても、俺が嫌なんだ」

感情を抑えたように静かな声で、アルフレッドは言った。

「あとで我に返って、後悔する気持ちが奈々斗にはわからないか？　自分のせいでとりかえしのつかない罪を犯した、って思うのが、どんな気持ちか想像もつかない？」

「……そのときは俺のせいにして怒っていいよ」

「相手がもういないのに？」

かぶせるように聞き返され、奈々斗は言葉につまった。

間違えたな、ということだけがわかって、後悔が胸の奥から浮かんでくる。

黙った奈々斗を一瞥《いちべつ》し、アルフレッドは廊下に踏み出した。

「とにかく挑発《ちょうはつ》するんじゃねえよ」

そう言い残してアルフレッドは部屋を出ていって、ほどなく隣の一〇二号室のドアが開け閉めされる音が聞こえてきた。

今夜は別の部屋で寝るという意思表示だとわかって、奈々斗は長いため息をついた。

「俺って、ほんと馬鹿」

できるだけアルフレッドにあわせよう、と思っていたのに、それどころか逆に怒らせてしまうなんて。

星の巡り合わせだ、なんて言い訳もできやしないと思いながら撫でたうなじは、もう血のとまった傷跡がぴりぴりと痛かった。


「今日は元気がないね？　アルフレッドと喧嘩《けんか》でもしたのかい？」

穏《おだ》やかな田畑《たばた》の声に、奈々斗ははっと顔を上げた。弾《はず》みで手にしていた細長いスプーンから白玉《しらたま》が転げ落ちて、ぼうっとしていたのだと気づいて恥ずかしくなる。

「すみません、せっかくのお茶の時間なのに、考え事したりして」

「考えなきゃいけないことでもあるのかい？　私でよければ相談に乗ろう。奈々斗には迷惑ばっかりかけているからね、なにか困ったことがあったらすぐに言うんだよ」

田畑は怒るでもなくにこにこと言い、コーヒーをおいしそうに飲んだ。冷たいものはあまり得意ではないということで、奈々斗の前にある金魚鉢みたいな器のかき氷は田畑の前にはない。抹茶《まっちゃ》のシロップがかかってバニラアイスが添えられ、白玉とあんこと求肥《ぎゅうひ》とフルーツが盛りつけられたかき氷はすごくおいしいのだが、奈々斗は頬張《ほおば》る気持ちになれなくて、掬《すく》い直した白玉をゆっくり噛んだ。

「困ってることは、全然ないんですけど。アルもすごくよくしてくれるし。……でも俺、アルフレッドにひどいこと言っちゃって」

傷ついていたよなあ、と奈々斗は思い返す。

なにがあっても後悔はしない、というのは奈々斗の本音だけれど、それがアルフレッドにとっては嬉しくないことだと、知っていたのに言ってしまった。

悪かったと思うから、謝ること自体は簡単なのだが——ただ謝るだけでは、結局なにも解決しない気がして、奈々斗は謝れずにいた。

「……もしかして、まだつらいかい？　気持ちが落ち込んだりするようなら、少しゆっくり休まないと。鷲坂《わしさか》のせいで、奈々斗も怖い思いをしたからね——本当に申し訳なかった」

沈んだ奈々斗の声で心配したのか、田畑が腰を浮かせて案じるように身を乗り出した。奈々斗は急いで首を振ってみせる。

「もう、それ十回くらい聞きましたよ、大丈夫です。そりゃ『どうしてだよ』って理不尽《りふじん》な気はするけど、今さら鷲坂さんを恨んでもどうにもならないし」

笑ってから、奈々斗は俯いた。

「……俺って、薄情なのかも」

「奈々斗がかい？」

「だって、今、父さんたちのことより、自分のことばっかり考えてるから」

ひどい人間に思えて零れそうになったため息を、かき氷を口に入れてごまかすと、田畑が立ち上がった。

まだ痛むらしい右足を庇《かば》いながら奈々斗の隣まで来た田畑は、椅子を引いて座ると、そっと奈々斗の肩に触れた。

「気にしなくていいんだよ。奈々斗は若くて、生きているんだから、自分のことを一番に考えたほうが、ご両親だって嬉しい。——奈々斗は、強い子だねえ」

「強くはないと思います」

自嘲《じちょう》して、奈々斗はアイスをスプーンでつつく。強くはない。むしろ弱いから、きっとわがままなのだと思う。アルは自分の痛みや主義を曲げても、ソフトクリームを買ってくれたり、一緒に寝たりしてくれたのに。

口の聞き方はぶっきらぼうで、冷たい素振りばかりで、素っ気ないけれど、本当は繊細《せんさい》で寂しがりやの――優しい人だから、奈々斗を放っておけずに一緒にいてくれるのに。

「――アルの子供が産めたらよかった」

ぽつんと呟くと、奈々斗の肩を撫でていた田畑の手がとまった。

「子供？」

「そうです。子供」

「……奈々斗が産むのかい？」

「うん」

頷くと、田畑は「そうか……」と思案げな声を出した。

「奈々斗は男の子だから、難しいかもしれないが、方法はないこともない。どうしてもほしいなら私に相談しなさい、アメリカのいい医者を紹介するよ」

予想しなかった真面目な口調に、奈々斗は田畑の顔を見て微笑《ほほえ》んだ。

「田畑さんて面白いね。普通、そんなの無理だ、変なことを言うな、って言いそうなのに」

奈々斗が笑ったせいか、田畑も穏やかに表情を崩して、丸い顔の中で優しく目が細まった。

「私は奈々斗が幸せならそれでいいんだ。自分の娘になにもしてやれなかった分、奈々斗にはできるだけ自由に、幸せになってもらいたいと思ってるんだよ」

皺《しわ》のある、でもふくよかな手がぽんぽん、と優しく奈々斗の肩を叩く。

「だが、子供を作るなら、生半可《なまはんか》な気持ちではいけない。私のようにいろいろ間違えてからでは遅いのだからね。まして、アルフレッドはああいう人で――特殊だ。奈々斗は強くていい子だが、まだ若いんだからね。よく考えないといけないよ」

「――はい」

田畑に言われると不思議と腹は立たない。素直に頷きながら、同じことをアルフレッドに言われたら、きっと悲しくなって喚《わめ》いてしまいそうな気がすると奈々斗は思った。

そう思って自己嫌悪に陥《おちい》りかけて、ふっと奈々斗は気づいた。

(……そっか、アルに言われるのは、嫌なんだ)

アルフレッドには、子供扱いだとか、年下扱いされたくないのだ。

恋人なら、そういう一方的な関係ではないはずだ。

だから、アルにだけ我慢はしてほしくない。せっかく一人ではなく、二人でいるのだから。ずっと孤独だったアルに、少しでも今が幸せだと思ってほしかった。奈々斗が毎日感じている、アルフレッドを見るだけで幸せになれる、ほっとするような気持ちを彼と分かちあいたい。

「……俺は」

俺はアルと恋人でいたいんだな、とどこか他人事のように思いながら、奈々斗はゆっくり言葉を選ぶ。

「子供がいたらいいなって思うけど——アルはきっといらないって言うと思うんだ。俺が子供を産めたらいいのにって思うのも、すごくわがままな理由だし」

「わがままなのかい？」

「わがままです。——アルに、なにか残したいんです。アルは長生きで、すごく寂しがりやだから。——アルには、そういうの迷惑だっていうのは、わかってるんだけど。俺がいなくなっても、俺のかわりになる子供がいたら、アルが寂しくないんじゃないかなって……そしたら俺のことも、ずっと忘れないでいてくれるかなって」

考え考えしながら話してしまってから、奈々斗は自分で苦笑した。

「よく考えたら俺だいぶ気持ち悪いね。……でも、今までにも、アルには大切だった人がたくさんいて、その中で俺ってきっとすごく——すごく、足りてないっていうか。一番ちっぽけな気が、して」

優しい、見守るような表情をして黙って聞いてくれる田畑がありがたかった。田畑を見つめ返して、奈々斗は赤くなった頬を擦《こす》った。

「嫉妬《しっと》深いなんて最悪だよね」

「最悪ってことはない。なにかを残したいと思うのは、きっと生き物の本能だ。気持ちはよくわかるよ」

ぽん、ともう一度奈々斗の肩を叩いてくれた田畑は、「そうだ」と明るい声をあげた。

「奈々斗、カメラを買ってあげよう」

「カメラ？」

「写真をたくさん撮るといい。一番簡単に、残しておけるだろう？」

にこにこして、田畑はウインクのつもりなのか、両目をぎゅっとつぶってひらく。

「私の娘の写真は、残念ながら一枚もないんだ。思い出を残しておくのはいいことだ。あとから『見たい』と思ったときに、見られるのは幸いなことだからね」

「――そうですね。うちにあった写真は、火事で焼けちゃったけど……残ってたらよかったなあ」

「改めて私は鷲坂を許せん気持ちになってきたよ」

田畑は顔をしかめて呟いて、それからじっと奈々斗を見つめた。

「奈々斗が小さい頃も、さぞかし可愛かっただろうねえ。お母さんやお父さんは、たくさん写真を撮ってくれたかい？」

「うん、いっぱい撮ってくれましたよ。家族写真もたくさんあったけど――そうだ、田畑さんにはまだ見せてなかったっけ」

奈々斗はポケットから携帯を取り出した。古い携帯の中に残されたあの写真は宝物だ。操作して、田畑が見やすいように差し出して見せる。

「父さんと母さんの写真、一枚だけ残ってるんです。病院で撮ったやつ」

小さい画面を覗き込んだ田畑は、食い入るように写真を見つめた。怖いくらい真剣な顔だ、と奈々斗は気づいて、どうしたんだろう、と疑問に思う。

まるで大切な人でも見つけたみたいだ――と思った途端《とたん》、田畑の目から涙が溢《あふ》れ出して、奈々斗のほうが慌てた。

「たっ田畑さん!?　大丈夫？」

「大丈夫だよ……ありがとう」

田畑は片手で顔を覆い、背中を丸めてうめくように言った。

「幸せそうだから、ついね……年寄りは涙もろくていかん。だが、幸せそうでよかった。……本当に、よかった」

肩を震わせて泣いている田畑に、奈々斗は迷って背中に触れた。ゆっくりさすりながら、田畑にもきっとつらい思い出があるのだろうな、と思う。

田畑は大きく息をつくと、まだ涙が溢れてくる目元を拭《ぬぐ》いながら、もう一度「ありがとう」と言った。

「私は娘と仲直りができずじまいになってしまったが……こうして奈々斗と知り合いになれて癒《いや》されたよ。ありがとう」

「ほんと？　俺役に立ってます？」

「もちろんだとも」

くしゃりと相好《そうごう》を崩して、田畑は足を庇いながら立ち上がる。

「さあ、善は急げだ、今からカメラを買いに行こう。奈々斗の使いやすいのを選ぼうね」

「でも、」

買ってもらうなんて、と言いかけた奈々斗を見下ろして、田畑はからかうように笑った。

「遠慮はなしだよ奈々斗。どうしても私がプレゼントしたいんだから、たまには老人のわがままを聞いておくれ」

「……ありがとうございます」

たまには、なんて、いつもよくしてもらってばかりなのに、と思いながら、奈々斗は微笑み返した。

「じゃあ、カメラ買ったら、田畑さんとも一緒に写真撮らせてくださいね」

そう言って立ち上がり、田畑が歩くのを助けるために手を差し出すと、田畑は嬉しそうに奈々斗を見つめて頷いてくれた。

「もちろんだとも。——ありがとう、奈々斗」

食事を終えて鞄から買ってもらったばかりのカメラを取り出すと、どことなく居心地悪そうにトントンを抱いていたアルフレッドが「それは？」と聞いてきた。

「カメラだよ。田畑さんが買ってくれたんだ。どうしてもプレゼントさせてくれって言われて」

「……そうか。あの人も、罪滅ぼしがしたいんじゃないかな」

アルフレッドは久しぶりに少しだけ微笑んだ。

「奈々斗の写真撮ってやるよ。田畑さんにあげたら喜ぶぞ」

「俺の写真も撮るけどさ。……アルも写ってよ」

「俺？」

「うん、そう。狼で」

「――なんで」

「だって取っておきたいじゃん」

たちまち渋面《じゅうめん》になったアルフレッドだったが、それは予想の範囲内だったので、奈々斗はめげずにカメラを構えた。

「写真にしといたら、いろいろ残しておけるでしょ。あとから見たら、あのときはこうだったなーとか、こんなこともあったなって、思い出せるし、人にも見せられるし」

「……俺の狼の写真なんて、見せる相手いないだろ」

不機嫌そうに眉をひそめてアルフレッドはそう言って、ふっと顔を背けてシャツに手をかけた。

「──いっとくけど、ちょっとの間だけだからな、狼になるのは」

「え？」

「三分だぞ、三分」

念を押すアルフレッドの頬が少し赤い、と奈々斗が気づいたときには、アルフレッドはさっさと服を脱いで、見る間に狼へと変わってしまう。

わんわん！　とトントンが嬉しげに吠《ほ》える。飛びつくトントンをかるく前足であしらって、アルフレッドはすっと奈々斗のほうを見た。

そこだけは変わらずに青い目がまともに奈々斗を射て、改めて、なんて綺麗な生き物だろう、と奈々斗は思う。

瞳以外は夜を切り取ったようになにもかもが黒い。長い毛は艶《つや》があって、大きな体躯《たいく》は堂々としているのと同時に優雅だった。

ぼうっと見とれた奈々斗はカメラを落としそうになって慌てて持ち直した。どういう心境の変化か

わからないが、せっかくのチャンスだから、たくさん撮っておきたかった。

震えそうな手でカメラを構えると、デジタルカメラのモニターに映ったアルフレッドはゆったりとおすわりをする。ふっさりした尻尾の先がひるがえって身体の脇に下り、立った耳は綺麗に前に向けられていて、奈々斗はうっとりした。

シャッターを切る間に、わらわらと犬たちがアルフレッドに寄っていく。アルフレッドは少しだけ邪魔そうな顔をしたが、全部で八匹になった構図も楽しくて、奈々斗は笑う。

「そのままみんな並ばせてよ、アル。せっかくだから集合写真にしよう」

——めんどくさい。

そんな声の聞こえそうな表情をしつつ、アルフレッドはかるく首を下げた。いっせいに犬たちがアルフレッドを見て、続けて次々に座りはじめる。すごいなあ、と思いながら奈々斗はシャッターを切った。
二、三枚続けて撮るうちに、我慢できなくなったトントンがぴょこんとアルフレッドに飛びつく。そうするとみかんや豆子《まめこ》も飛びつきはじめて、奈々斗もカメラを放り出した。
「アル!」

ぎゅうっと首筋に腕を回して抱きしめると、ふかふかのたてがみが気持ちよかった。叱るように低い唸《うな》りが聞こえたけれど、やめる気にはなれない。

「やっぱりもふもふで気持ちいいね……」

すりすりと頬をすり寄せて、アルフレッドの目を覗き込む。困ったような目が可愛い。マズルに生えた短い毛を鼻先から上へ撫でると、アルフレッドは逃げるように立ち上がった。

人間に戻るつもりだ、と気がついて、奈々斗は急いで立ち上がった。

「待ってアル、あと一枚だけ撮らせてよ!!」

そう言うと、しぶしぶアルフレッドが動きをとめる。写真を撮る、というのはアルフレッドにとっても「いいこと」だったらしい。どうしてなのか今度聞いてみようと思いながら、奈々斗がカメラに手を伸ばしたとき——。

ぽしゅん、という変な音がした。

え？　と思って見下ろすと、もつれあって遊んでいた豆子とトントンの足が、床に置きっぱなしにしていた奈々斗の鞄の持ち手にひっかかったらしく、中身がばらまかれていた。その中にはクリスがくれたあの装置もあって——トントンか豆子が踏んだのだろう、ピンが抜かれて、もくもくと煙が出はじめていた。

「……っ」

咄嗟《とっさ》に逃げようとアルフレッドが立ち上がったが、すぐ傍に目の見えないジョンが座っていたせいで、動けずに固まってしまう。その間に立ちこめた煙に狼の姿が隠されて、けほけほと咳《せ》き込むのだけが聞こえた。

「ア、アル？　大丈夫？」

どうしよう、と奈々斗は焦る。煙が徐々に晴れると、裸で座り込んだアルフレッドが、恨めしげな顔の上で耳をぴくぴくさせながら、奈々斗を睨《にら》んできた。

「――奈々斗、おまえなあ」

「ご、ごめん。でも俺のせいじゃないよ」

「なんで鞄にそんなもん入れてるんだよ!!」

「だってクリスさんがくれたんだもん。他に置いとくところもないし……まさか、こんなふうになるとは、思わなくて……」

言い訳しながら、奈々斗はアルフレッドを見つめた。憮然《ぶぜん》とした表情のアルフレッドの頰は羞恥《しゅうち》のせいか少し赤く、長く尖った狼の耳は、不本意そうに横に垂《た》れぎみだ。ゆらゆら揺れる尻尾にはトンがじゃれついていて、奈々斗は自然とアルフレッドの前に膝をついていた。

この格好のアルフレッドのほうが、完全に人間なのより、近寄りがたさがない。親近感が湧《わ》くというか、なんとなくほっとするなと思って、奈々斗はちいさく微笑んだ。

「でも、似合ってるよ」

「似合ってないし、似合ってても嬉しくない。……また一週間不便なのかよ……」

「外の用事は俺がするよ」

言いながら、我慢ができなくなってきて、奈々斗はそのままアルフレッドに抱きついた。

裸の胸の感触も気持ちいい。やっぱり彼が好きだ、と思う。久しぶりに聞くアルフレッドの心臓の音は力強くて速く、それだけで奈々斗もどきどきした。

「……アル」

そっと名前を呼んでぴったりと身体を寄せると、アルフレッドはまた顔を背けた。

「selbstbeherrachung——離れろ」

「……それ、なに？」

またあの言葉だ、と思うと途端に悲しくなって、奈々斗はアルフレッドの顔をつかまえた。

「なんで最近くっつくのも駄目なの？　もう俺のこと嫌になった？　それともわがままだから？　やっぱりここに住まないほうがよかったとか、こいつウザいとか、そういうこと？」

矢継ぎ早に聞くと、アルフレッドは戸惑《とまど》ったように視線を逸らして、短いため息をついた。

「……そういうことじゃない」

「じゃあなに？　お金はやるから大学に行けっていうのは頷けないけど、他のことだったらアルの嫌なことは直すし、……こないだ怒らせたことだったら、謝るし」

「こないだってどれだよ、怒ってねえよ」

ため息をもう一度ついて、アルフレッドはそっと奈々斗を押しのけようとした。

「どかないと襲うぞ。――痛いのは嫌だろ」

「今人間だから噛めないじゃん」

「そうじゃなくて。……この前、痛かっただろ、って」

言いにくそうにぼそぼそ言われて、奈々斗はなんのことかわからずに首を傾《かし》げた。

「どれ？」

「どれ、じゃない。……クリスとハリーが帰る前の夜、痛かっただろ」

「――あー……」

照れた口調で言われて奈々斗まで恥ずかしくなって、赤くなってしまうのを感じながら奈々斗は首を振った。

「そんなに、痛くはなかったよ。大変だったけど」

「大変だったならもう離れろって」

「それって、くっついてたらしてくれるってこと？」

どうしようどきどきする、と思いながら、奈々斗は聞き返した。三秒待ってもアルフレッドが答えないので、ぺったりと彼の胸にもたれてみる。

「してくれるんなら余計くっついとく」

「――奈々斗」

咎《とが》めるようなアルフレッドの声が半分くぐもって聞こえる。彼の速い鼓動《こどう》を聞きながら、奈々斗は目を閉じた。

「だって、せっかく二人でいるのに、仲良くもできないなんて俺は嫌だよ。ただごはん作ってもらって、世話焼いてもらって、その上『金は出すから』みたいなこと言われてさ。そんなの……そんなの、恋人でもなんでもないよね」

窺《うかが》うように言葉を切っても、アルフレッドはなにも言わなかった。彼の表情を見る勇気がなくて、奈々斗はそのまま呟いた。

「俺だって、アルになにかしてあげたいよ。頼りないかもしれないけど、相談とかあったらしてほしいし――もし、もし俺のこと嫌になったら、そう言って」

「……奈々斗、あのな」

「アルは嫌かもしれないけど――俺はアルが好き。……アルは？」

なにか言いかけたアルフレッドを遮《さえぎ》って、奈々斗がそう聞いてしまうと、アルフレッドは大きくため息をついた。

「さっきの単語はな、『自制心』って意味だ」

「自制心？」

「そうだ。自制しておかないと、いつたがが外れるかもわからないからな。人狼は、感情が制御《せいぎょ》できなくなっても狼になってしまうって、前に教えただろう。あんまり気持ちが昂《たかぶ》って、うっかり狼になって、奈々斗を傷つけるのは嫌なんだ」

言いながら少し乱暴に、アルフレッドの手が奈々斗の頭を撫でる。

「——最近、ときどき危ない」

「……そうなの？」

「そうなんだよ。——ものすごく、奈々斗を抱きしめて、いろいろして……気がすむまで抱きたい、と思ったりする。危ないだろ」

「それって……それって、」

きゅうっと胸が疼《うず》いて、奈々斗は顔を上げてアルフレッドの目を覗き込んだ。繊細な光を浮かべて揺れている青い瞳をじっと見つめて、てのひらでそっとアルフレッドの顔に触れる。

「それって、俺が好きってこと？」

囁いた声は掠《かす》れた。アルフレッドは不本意そうに顔をしかめて、「確認しなくてもいいだろう」とぶっきらぼうに言う。

「わかったらどけって。——不安にさせたのは、悪かったから」

「どかないよ」

そんなふうに言われてどく人間なんかいないよ、と奈々斗は思う。

ああ、心臓がどきどきして、胸が痛い。

「狼になってもいいから、しようよ」

「――狼にならなくたって、繋がったら痛いんだぞ」

「痛くても全然いいよ、俺男だもん。……アルは、男はやっぱりないなーって思ってたかもしれないけど、俺、アルになにかしてあげられるなら、なんでも平気だよ」

「――なんでそういうこと平気で言うんだ、おまえは」

くしゃ、とアルフレッドの手がまた奈々斗の髪を撫でた。

「挑発するんじゃない。なんのために俺がこの一ヶ月自制してたと思ってんだ。自分を犠牲《ぎせい》にしてもいいみたいなことは、簡単に言うな。俺はもう二度と、……大事な人間を自分のせいで傷つけたり、なくしたりするのはごめんだからな」

「簡単に言ってるわけじゃないよ」

応えて、奈々斗はふわふわと自分があたたまっていくのを感じる。

なんて幸せなんだろう、と思う。

速い鼓動。素っ気ないけれど、思いやってくれる言葉。もし神様がいるのなら、こんな人を奈々斗と出会わせてくれたことに感謝してもしきれない。

運命って、こういうことをいうんじゃないだろうか。世界でたったひとつの、たった一人の特別な存在に、出会えること。

うんざりされてたんじゃなかったんだ、と思うと、舞い上がりそうに嬉しい。

「本当はね、アル。俺、アルがすごい悪い人でも、狼人間でも吸血鬼でも、ゾンビでも宇宙人でも悪魔でもよかったよ」

ゆっくり話しながら、奈々斗は思い出す。

あの日。朝起きて、おいしくない食事を食べて、今日はなにもしたくないな、と思った。それでも元気な犬に引っぱられるようにして、気乗りしない、寂しい気持ちのまま駅のほうに歩いたのだ。いつもはあまり行かない散歩コースを歩いたのは、公園で家族連れを見るのが嫌だったから。

「――トントンがじゃれついてるのを見たとき、なんだかアルだけ光が差してるみたいで、話がしたいなって思ったんだ。トントンが懐《なつ》く人なんて今までいなかったし――なんだか特別っていうか、ずっと知ってる人みたいな気がして。アルを見るまで俺、全然明るい気持ちじゃなかったけど、そんなこと全然忘れて、ああこの人と話をしたいなって思ったんだよ」

思い出したらなんだか少し泣きたくなって、奈々斗はまた彼の胸に額を押しつけた。アルフレッドはもう突き放そうとはせず、かわりにそっと背中を引き寄せてくれる。やんわり撫でるてのひらは大きくてあたたかく、そうして優しかった。

「――でも、それは俺のわがままだよね。アルは寂しいのが嫌いなのに、寂しいのがどれくらいつらいかよく知ってるのに、俺だけよくって、アルは寂しい思いをしてねって言うのは、ひどいよね」

「それはもういいんだ」

囁《ささや》いて、アルフレッドが奈々斗の耳元に口づけてくれる。奈々斗はよくないよ、と呟いて目を閉じた。

「アルが一人で寂しいといけないから、子供を産めたらよかったんだけどなあ」

「こ、子供？」

驚いたのか、アルフレッドの声が裏返る。

「おまえ男だろうが」

「そうだけど、でも男同士でも産めそうなことを田畑さんが言ってたよ。科学の進歩だね」

「――いや、でも……おまえ、そういうの嫌とか、怖いとかないのかよ」

呆れたように言いながら、アルフレッドが奈々斗の髪をかるく引っぱる。奈々斗は首を振った。

「嫌でも怖くもないよ。だってできることがあったらしたいじゃん」

「……でも俺、子供はいらないからな」

「やっぱり？　なんとなくそう言うだろうなって思ってたけど。……そのかわり、なんでもしてよ」

奈々斗は回した手に力をこめた。

自分より大きくてたくましいアルフレッドの身体に、組み敷かれるのが決して怖くないわけではない。奥を暴《あば》かれるのも、恥ずかしい声が出るのも、相手がアルフレッドでなければきっとすごく嫌で屈辱的《くつじょくてき》だろうと思う。

でも、アルフレッドなら。

「なんでもして」

繰り返して、奈々斗はアルフレッドの目を見つめた。

「俺の全部を覚えておいてよ。それしか、アルに残せないから。これから俺が死んじゃうまで、いろんなことして、全部覚えて。自制なんかしないで。あとで思い出すのに忙しくて、寂しくなる暇がないくらい、いろんなことしようよ」

「――奈々斗」

痛みを覚えたようにアルフレッドの目が細められて、奈々斗は急いでつけ加えた。

「あ、もちろん長生きするよ？　これから健康には気をつける。こないだ聞いたけど、トマトとかいいらしいよ？」

「――じゃあ、毎朝食べてるから、きっと長生きだな」

ふわっと、アルフレッドが笑った。いつもはどこか冷めたような目なのに、こうやって笑うとひどく優しくあまくなって、見つめられると奈々斗はきゅんとしてしまう。

声も出せずに見つめ返すと、アルフレッドが首を傾けて、ぺろりと奈々斗の唇を舐めた。

ふっ、と息が漏《も》れてしまって、奈々斗は身を引きたくなるのを堪《こら》えた。

「な、舐めるの好きなの？」

「——そうだな。わりと」

「じゃあ、俺舐めようか」

微笑したアルフレッドに奈々斗は真面目《まじめ》に言ったのに、アルフレッドはなぜか困った顔をして視線を逸らした。なんだろう、と目をやると、犬たちがじいっとこちらを見ていて、奈々斗はぱっと赤くなった。

犬がいるのを忘れていた。

「そういうわけで舐める時間だから、あっち行ってろ」

犬とコミュニケーションがとれるらしいアルフレッドが低い声で言うと、ボスがのそっと立ち上がる。トントンの首筋をくわえてボスがケージの中に入ると、みんなもわらわらと隣の部屋や隅のほうで寝そべって、はたはた、と少しだけ尻尾を振った。

「……ア、アル。隣に、行ったほうがよくない？」

「めんどくさい」

犬とはいえ家族同然の生き物に見られている、と思うと逃げたくなって身を捩《よじ》った奈々斗を摑まえるようにアルフレッドは抱き直し、舌をひらめかせて笑った。

「で、どこを舐めてくれるって？」

「……っ」

やっぱりできない、と言うわけにはいかず、奈々斗は頭を下げた。

どこにしようかと迷ったあげく、直截的《ちょくせつてき》な場所は恥ずかしい気がして、そうっとアルフレッドの首に唇を寄せた。そこから舌を伸ばして、鎖骨《さこつ》のあたりまで舐め下ろす。

「……ふ、」

舐めるだけで舌が痺《しび》れた。アルフレッドの長い指が髪に差し込まれて、促《うなが》すように撫でられるのが気持ちいい。鎖骨からさらに胸筋《きょうきん》に沿って舌を這わせると、興奮と目眩《めまい》のするような幸福感で、息がはあはあと零れた。

「子犬みたいだな、奈々斗は」

「……子犬、嫌いって言ってたよね」

思いきって乳首に吸いつくと、ぴくん、とアルフレッドの身体が揺れた。頭を撫でる指先に力がこもって、奈々斗は夢中でそれを吸った。

「……子犬も、嫌いじゃないよ。最近ちょっとだけ好きになった」

「ほんと？」

舌を絡《から》めながら視線だけ上げると、アルフレッドはぴるりと狼の耳を振って笑い、自分の唇に触れた。

「今度はここがいい」

それってキスじゃないかな、と思いながら、奈々斗はおとなしく伸び上がり、アルフレッドの薄い唇を舌で撫でた。中に滑り込ませると、すぐにくっと歯で捕まえられて、ぞくん、と身体が震える。

「んっ……う、ふ……っ」

ぺちゃぺちゃと音をたてて舐め返されて、その間にアルフレッドの手が奈々斗の身体から服をはぎ取っていく。舐める合間にかるく唇を嚙まれると痺れるような快感が腰まで走って、奈々斗はもじもじと身体を揺らした。

「ん……アル……俺、もう、」

キスしているだけで、どこにも触られていないのに、全身がもどかしいように熱を持っている。気持ちいいよ、とちいさな声で呟くと、アルフレッドが唇を引き上げて笑った。

「すぐ気持ちよくなっちゃうところも子犬みたいだ」

「だ、だって……あっ」

ちゅっ、と音をたてて耳をくわえられ、くるみ込むように舌が動いた。穴の中まで舌が差し込まれ、ひくひくと身体が勝手に震える。

「あっ……あ、や、あ、」

「人間も耳は気持ちいいんだよな」

わざと垂らされた唾液《だえき》が耳から首筋に伝っていく。それを追うように舌が這《は》って、奈々斗はなおも震えてしまう。

「アルッ……アル、」

前からしがみつくようにしてアルフレッドを抱きしめると、アルフレッドはちゅっとまた耳を吸って、手を奈々斗の下肢《かし》に滑らせた。

両手で尻を掴まれて、ぐっと左右にひらかれる。

「んっ……」

すうすうした心もとなさを感じる間もなく、ゆるりと孔《あな》を撫でられて、奈々斗は額をすりつけた。指先で揉《も》むようにされると、この前そこでどれほど快感を味わわされたかが嫌でも思い出される。

しばらく入り口をいじったアルフレッドは、一度手を離して自分で長い指を舐めると、それで再びそこに触れた。とろりとした感触と硬さのある指が、小刻みに動きながら中へと入ってくる。

「——っ、あ、は、……っ」

思った以上にスムーズに深いところまで指が沈み込み、奈々斗は顎《あご》を上げて喘《あえ》いだ。いいようのない異物感なのに、まるで気持ちいいみたいに腹の奥が熱い。

「飲み込みが早いな、奈々斗は」

「あっ……あ、動かさない、で……っ」

「前ももう濡れてる。——自制しなくていいんだろ？」

からかうように意地悪な声を出したアルフレッドが、片手ですっかりかたちを変えた奈々斗の分身を握り込む。かるく擦られただけでぷくりと先端から雫《しずく》が溢れ、にちゅ、と音がした。

「あっ、あ、アル……だめ、あんまり、したら、」

「出る？」

「んっ……イっちゃ、」

「いってもいいぞ」

薄く笑ってアルフレッドは言い、奈々斗の胸に顔を近づけた。

「あ……っ、そこ、も、や、」

熱い舌が円を描くように胸を舐め、舌先が乳首をつついた。いつの間にか自分のそれが硬く尖っていることに気づかされて、奈々斗は嫌がるように首を振った。

「やだ……それ、やだ、」

「嘘つけ」

取りあわないアルフレッドは、唇で挟《はさ》むようにして突起を舌で転がした。捏《こ》ねるように舐め回され、ときどき歯を当てて引っぱられると、痺れるように快感が湧いてくる。

舐められていないほうの乳首がもどかしいくらい、じんじんと疼いて、奈々斗は身体をくねらせた。

奈々斗の分身を擦るアルフレッドの手は、もうべたべただ。

「アルっ……ほんとに、もう、駄目……」

「仕方ないな」

首を振るとアルフレッドはやっと唇と手を離して、かわりにその濡れた手を後ろに回した。

ぐうっと押し上げられる感触に、奈々斗の尻が勝手に浮き上がる。追いつめるように蕾《つぼみ》を広げた二本の指がどんどん入り込んで、苦しいような感触に脚ががくがくした。

「奈々斗がいっぱい零したから、よく動く」

「ひあ、あっ……あ、あッ」

ぐちゅぐちゅとかき回しながら囁かれて、奈々斗はアルフレッドにしがみつくこともできずにもたれかかった。アルフレッドは片手で奈々斗の腰を支えながら、容赦《ようしゃ》なく中を擦り立ててくる。

「うっ、あ、んっ……アル、ちょっと、待って……強くしない、で」

「自制しなくていいって言ったのは奈々斗のほうだぞ。――反省したか？」

「――ッ、アっ……っ」

一瞬達したような気がして、視界が真っ白になる。身体が痙攣《けいれん》するように震えて、けれど勃《た》ちきった性器の先端からは、透明なものがたらたらと零れるだけだった。

「あ、あ、あ……」

すごく感じる場所もそれよりも奥も、休みなく刺激されてたまらなかった。今にも達しそうなのに、内側からの刺激はひどく響くくせに、射精には届かない。

あと少し、の激しい快感が引き延ばされているようで、苦しくてじんわり涙が浮いた。

でも、ずっといい、と思う。

なにもされないより――遠ざけられてキスもできないより、中に受け入れて苦しいほうがずっといい。

「反省なんか、しないよ」

力のこもらない腕に懸命に力を入れて、アルフレッドの首に抱きついて、奈々斗は膝立ちになった。

「だから、入れていいよ。――ずっと、入れてても、いいから」

「――馬鹿」

ぐっとアルフレッドが顔をしかめた。

馬鹿はひどい、と思ったのに、軽い唸りを上げたアルフレッドに抱きしめられると、それがひどくあまい言葉のような気がした。

改めて割りひらかれたあわいに、ひたりと熱いものを宛《あ》てがわれて、とろけるような幸福感が湧いてくる。

「俺が自制しなかったらこれが毎晩だぞ」

「いいよ、べつに――っ、あ、あぁっ……!!」

硬くて意志を持ったアルフレッドの切っ先が、台詞の途中で捩り込まれて、奈々斗はほとんど悲鳴のような声を上げた。

「――ッ、ふ、あ……っ、ア、」

ゆっくりと、だが確実に、下から肉塊《にっかい》がせり上がってくる。内臓が押し上げられるような感触は気持ちいいはずがないのに、奈々斗は爪先まで震えた。

期待で、皮膚《ひふ》がざわざわする。

「アル……アルッ」

あと少しで全部繋がって、そこから長い長い快感を分けあうのだと思うと、胸が締めつけられるように幸せだった。

「……奈々斗」

ちいさく呼び返してくれた声さえとろけそうに心地よい。

あと少しを早く飲み込もうと、奈々斗はうまく動かない身体をそっと揺すった。けれど、腰を摑んだアルフレッドの手のせいで、完全に下まで尻が下ろせない。

「……ぅ、あ、っん、っ」

焦《じ》れったさに、アルフレッドの肩に爪を立ててしまうと、アルフレッドは宥《なだ》めるように耳元に口づけてくれる。

「全部入れたらつらいだろ。――ほら、こうやって」

「あ――っあ、あっ」

両手でぐっと身体を持ち上げられて、ぎりぎりまでアルフレッドのものが抜ける。それからまた下に引き下ろされて、今度はかるく下から突き上げられ、奈々斗は仰《の》け反《ぞ》るようにして喘いだ。

「っ、あ、ぅっ、……っ」

敏感な粘膜《ねんまく》は性器でもなんでもないはずなのに、擦られるとぞくぞくと震えが走る。硬くて大きいものが出たり入ったりする感触は、他のなににも似ていない、たまらない感覚だった。

「――っ、ふ、あっ……あ、アル……っ」

気持ちいい。気持ちはよかったけれど、でもこれじゃ、と奈々斗は思う。

「これ……アル、は……よくな、……い、よ、ね」

泣いてしまいそうに熱い目を必死に開けて、奈々斗はアルフレッドを見つめた。

「奥、まで、――いいのに」

「……奈々斗」

「入れてよ」

すごくはしたないことを言ってる、と自分で思う。けれど、恥ずかしさよりもずっと、アルフレッドに伝えたい。

「あの、ぐりってされるの、俺も……す、好きだから。し、して？」

ねだって、怖い気分を押し殺し、座り込むようにアルフレッドに身体を押しつける。

「——っひ、っん……っ」

根元まで差し込まれた、と思った次の瞬間、どくりと跳ねるようにしてアルフレッドのそれがさらに質量を増す。硬い部分がきつく自分の内壁《ないへき》を押し上げるのが感じられて、奈々斗はアルフレッドにしがみついた。

限界まで詰め込まれたみたいに、腹が重たい。ぶるぶる身体中が震えていて、気が遠くなりそうだったけれど、奈々斗はそれでも腰を使った。

「う、んっ……んっ」

凶暴なその硬さがぐりぐりと擦りつけられるのを感じて、目眩がした。電撃のような激しい快感がそこからうなじまで駆け上がって、動こう、と思ってもうまく上下するのは難しかった。

もっとアルフレッドを気持ちよくしてあげたいのに、セックスひとつ満足にできないなんて。

「待ってね……今、動く、から……」

もどかしく身体をくねらせると、アルフレッドが奈々斗の背中を撫でた。

「奈々斗。無理しなくていい」

「……ん、ん、」

キスされて、隙間を埋めるように抱きすくめられると、もどかしい気持ちは少しだけ薄れた。長い尻尾がくるりと奈々斗の背中に回って、それで優しく叩かれて、甘やかされているな、と思う。

でもそれは、少しも嫌ではなかった。

恋人としてなら、甘やかされるのも嬉しい。向かいあって座る体勢で、お互いの身体に腕を回して……ちゃんと、愛しあっている、と思える。

絡められる舌に夢中で応えると、アルフレッドはゆるりと下から突き上げた。

「ん――――っ」

ぐちゅん、と音をたててひどく深いところまで抉《えぐ》られて、跳ねるようにして身体が浮く。わずかだけ引き抜かれる感触に、さざ波のように快感が走り抜けた。続け様に突き上げられると、コントロールできない身体がきゅっと収縮する。

「あ、ア、……！」

高い声と一緒にぱたぱたと精液が零れるのがわかった。アルフレッドは更に追い立てるように、休まずに揺すり上げてくる。

そうされると、達する感覚と一緒に疼くような次の波がやってきて、奈々斗は無意識にアルフレッドを締めつけた。

「アル……、アル、も、」

「悪いな、遅くて」

どことなく寂しげに囁かれ、奈々斗は首を振った。

「違うよ。……アルも、いっぱい気持ちよくなって、満足するまで――やめないでね」

自分の中で、大きく育って張りつめたアルフレッドのかたちを感じる。

ちゃんと、繫がっている。

身体のどこかに少しでも力をこめると、そこがぴったりアルフレッドを飲み込んでいることが意識されて、それだけでもいっちゃいそう、と奈々斗は思う。

「やめないで――好き」

泣きたいような気持ちで囁いて奈々斗からキスすると、アルフレッドは貪《むさぼ》るように舌を絡めた。

「――んっ……」

キスしたまま真正面から奈々斗を見つめてくるアルフレッドの目は、彼の感情を映してきらきらしている。熱っぽく、欲望と愛情をたたえた目だ。

ずっと見ていたい、と思ったのに、口の中を長い舌で愛撫《あいぶ》されると、目を開けておくのは難しかっ

た。震える瞼《まぶた》を閉じてなにもかもアルフレッドに委《ゆだ》ねてしまうと、アルフレッドは繋がった場所を確かめるように一度指でなぞって、それから深く――激しく、突き上げてくる。

「――ッあ……っ」

悲鳴のように高い声が零れた。休みなく、更に奥まで入り込もうとするように穿《うが》たれて、身体のどこにも力が入らなくなる。

閉じられない唇を、アルフレッドが再びキスしてふさぐ。夢中で彼の舌に応えながら、奈々斗は彼の首筋を抱きしめた。

舌も歯も上顎も舐め回されて、全部繋がってる、と思う。

全部――口も身体も、下半身も、絡みあってくっついている。

「奈々斗……奈々斗」

熱を帯びて掠れた声で何度も名前を呼ばれ、心もそうだといいのに、と思いながら、奈々斗は自分から淡く腰を揺らめかせた。

少しでも大切な恋人を幸せにするために。

　エプロンをしたアルフレッドの後ろ姿からすらりと伸びた尻尾が嬉しくて、奈々斗はでれでれ笑った。

「えへへー……可愛い……」

　怒られないのをいいことにぎゅむっと両手で抱きしめると、まわりをちょろちょろしていたトントンと豆子が、羨《うらや》ましそうに跳ねた。

「いいでしょー。でも今は俺の番だよ」

　笑うと、上から「蹴飛ばすぞ」と呆れたような声がした。

「飯の支度《したく》をしてるときは邪魔だからやめろ」

「じゃああとでまたもふもふしていい？」

「……その、もふもふって言うの、やめないか……」

　げっそりしたようにアルフレッドがうな垂れて、なにが嫌なんだろうなあと不思議に思いながら奈々斗はいったん尻尾を抱きしめるのをやめた。

　本当にもふもふしているから、恥ずかしがることないのに。

　ちょっと横に下がってしまっている耳を見上げながら、奈々斗はアルフレッドの隣に立って、少しでも手伝うべくトマトを洗う。

「アル、もし急に子供がほしくなったら言ってね。なんか、アメリカ行くと産めるらしいよ」

「――言っとくが、アメリカに行くだけで薑めるわけじゃないからな」

「わかってるよそんなことくらい」

「どうだか……」

信じていない顔でかるく睨むアルフレッドに「本当だってば」と笑い返して、奈々斗は彼の手元にトマトを置いた。

「あとさ。大学のこと」

「――行く気になったか？」

「まだ決められないけど。……俺のこと考えてくれてありがとう。どうせ今夏休みだから、ゆっくり考えることにする」

現金だなと思うのだが、アルフレッドに恋人として思われていないわけではないのだ、と実感できたら、意地を張る気持ちも失せていた。

アルフレッドのことだから、きっと奈々斗の人生のことを、考えてくれたのだろうと思う。

「ゆっくり考えるのはいいことだな」

ほっとしたようにアルフレッドが笑うのを見て、奈々斗も嬉しくなりながら、でも大学もバイトも、となったらアルと過ごす時間が少なくなりそうだなあ、と思う。

それは嫌だ。

なにか仕事をするにしても、できるだけアルフレッドと一緒にいられるのがいい。人生は決して長くはないのだから。

「……やっぱり子供がベストだと思うんだけどなあ」

腕組みして呟くと、アルフレッドは卵を割る手をとめて顔をしかめる。

「おまえも大概《たいがい》しつこいよな」

「だってさ、アルに似た子供ができたらきっと楽しいと思うし。ちっちゃい狼なんだよ……もふもふ……ふかふか……」

想像したらちょっと涎《よだれ》が出そうになって慌てて口元を押さえると、アルフレッドは呆れたようにため息をついた。

「奈々斗って変なやつだよな」

「そう？」

「普通、男だったら考えたことないだろう、子供を産むとか……そうじゃなくても、世間体とか少しは気にしたりしないのか？」

「んー……」

全然気にしないなあ、と思いながら奈々斗は首を傾げた。

「だって細かいこと気にしても仕方ないじゃん。きっといろいろ大変だと思うけど、それがいい方法かも、って思うなら、やってみたほうがよくない？」

「やってみて失敗だったらとりかえしがつかないこともあるだろうが」

「そうかもしんないけど、俺あんまり悩まないようにしてるんだ。悩んだってしょうがないことってい っぱいあるもん。終わっちゃったこととか、起きちゃったことを『やめとけばよかった』とか『どうしてこんなことが』とか悔やんでも、どうにもならないでしょ。どうして父さん死んじゃったんだよー、とか言っても生き返るわけじゃないし」

そう言うと、アルフレッドのほうがつらそうな顔をするから、奈々斗は励ますように笑ってみせた。

「たぶん、狼さんより人生が短いから、余計なこと考えてられないんだよ。他にすることいっぱいあるもん」

「——たとえば？」

だいたい答えを予測しているような——あるいは期待するような顔でアルフレッドに見下ろされ、奈々斗は踵《かかと》を上げた。

音をたてずに短いキスをして、やんわりあたたかい色になったアルフレッドの青い目を、奈々斗はやっぱり綺麗だと思う。

この人が、ずっと幸せだといい。

一緒にずっと幸せだといい。

「……人間だけど、よろしくね？」

微笑《わら》って首を傾げると、朝食の支度を諦めたらしいアルフレッドが身体ごと向き直って、奈々斗を抱きしめた。

「奈々斗はきっと世界一強い人間だなって、思ってるよ」

能天気すぎるけどな、と憎まれ口を叩くくせに嬉しそうに尻尾を振っているアルフレッドにキスを返されながら、奈々斗は向こうで退屈そうに欠伸《あくび》をしているボスに手を振って、目を閉じた。

昨日の夜からほったらかしで申し訳ないけれど、もう少しだけ、アルフレッドとくっついていたかった。

あとがき

こんにちは、または初めまして。お手にとっていただきありがとうございます。

今回はもふもふモノ、ということで、狼さんと人間さんのカップルです。種類が違う生き物同士のカップリングが好物なうえ、もふもふも大好き、中でも犬と猫は大好きなので、調子に乗って七匹も犬を出しました。猫は前回出したので我慢しましたが、書くのは大変楽しかったです。狼さんも三匹です。その結果、人間より人間じゃないキャラクターのほうが多いという事態に……。だいぶファンタジックな感じになりましたが、もともとおとぎ話みたいにふんわり幸せなお話にしたいと思っていたので、皆様にもほっこりしていただけるといいなと思っています。

そういえば、一番はじめのプロットでは、奈々斗は古い洋館に住んでいるという設定だった（作中でアマンダさんが住んでいた家）のですが、担当さんが打ち合わせのときに「アパートでもいいんじゃないでしょうか」と言ったので、アパート住まいに決定しました。実は、私の書く話ってゴージャスなキャラクターが今のところ皆無でして、たいていいっつもみんなアパートとかで慎ましく暮らしているので……たまには洋館とか！　と思ってそういう設定にしたのですが、「今回ほど古いアパートの似合うキャラはいません」

と言われて、そのとおりだなと深く納得した次第です。ゴージャスにもいずれチャレンジしてみたいです。縁遠いですけど（笑）。

イラストは青井秋《あおいあき》先生にお願いすることができました。以前企画でご一緒させていただいてとても嬉しかったのですが、今回もとてもとても可愛い犬たち、奈々斗はもちろん耳尻尾つきのアルフレッドから脇キャラたちまで素敵に描いていただけました！　青井先生ありがとうございました。

毎回細やかなご指摘と心配りをしてくださる担当様、私の癖にも配慮してくださる校正者の方、この本を作るのに関わってくださった皆様もありがとうございました。

あとは読者の皆様に、少しでも楽しんでいただけて、幸せな気持ちになっていただければと願うばかりです。もしよろしければ、ご感想などお聞かせいただけると大変嬉しいです。

よろしければまた別の本でも、お目にかかれれば幸いです。

二〇十三年六月　葵居《あおい》ゆゆ

LYNX ROMANCE

シンデレラの夢《ゆめ》

妃川螢

illust. 麻生海

898円（本体価格855円）

祖母が他界し、天涯孤独の身となった大学生の桐島玲は亡き祖母の治療費や学費の捻出に四苦八苦していた。そんな折、受験を控えている家庭教師先の一家の旅行に同行して欲しいと頼まれる。高額なバイト代につられてリゾート地の海外に来た玲は、スウェーデン貴族の血を引く製薬会社の社長・カインと出会う。夢が新薬の開発で薬学部に通う玲は、彼の存在を知っていたが、そのことがカインの身辺を探っていると誤解され…。

LYNX ROMANCE

教《おし》えてください

剛しいら

illust. いさき李果

898円（本体価格855円）

やり手の会社経営者・大堂勇磨のもとに、かつて身体の関係があった男・山陵が現れる。「なにをしてもいいから、五百万貸してくれ」と息子の啓を差し出す山陵に腹を立てた大堂は、啓を引き取ることに。タレントとして売り出そうとするが、二十歳の啓の顔立ちは可愛いものの覇気がなく、華やかさも色気もなかった。まずは自信を持たせるためにルックスを磨き、大堂の手でセクシュアルな行為を仕込むが…。

LYNX ROMANCE

リーガルトラップ

水壬楓子

illust. 亜樹良のりかず

898円（本体価格855円）

名久井組の若頭・佐古は、組のお抱え弁護士である征眞とセフレの関係を続けていた。そんなある日、佐古は征眞が結婚するという情報を手に入れる。征眞に惚れている佐古は、彼が結婚に踏み切らないよう、食事に誘ったりプレゼントを用意したりと、あの手この手で阻止しようとする。しかし残念ながら、征眞の結婚準備は着々と進んでいき…。RDCシリーズ番外編。

LYNX ROMANCE

あかつきの塔《とう》の魔《ま》術《じゅつ》師《し》

夜光花

illust. 山岸ほくと

898円（本体価格855円）

長年隣国であるセントダイナの傘下にある魔術師の国サントリム。代々人質として、王子を送っており、今は王族の中で唯一魔術が使えない第三王子のヒューイが隣国で暮らしている。魔術師のレニーが従者として付き添っているが、魔術が使えることは内密にされていた。口も性格も悪いが常にヒューイのことを第一に考え行動してくれる彼と親密な絆を結び、美しく育ったヒューイ。しかし、世継ぎ争いに巻き込まれてしまい…。

LYNX ROMANCE

サクラ咲《さ》ク

夜光花

898円
（本体価格855円）

高校生のころ三ヶ月間行方不明になり、その間の記憶をなくしたままの怜士。以来、写真を撮られたり人に触れられたりするのが苦手になってしまった怜士は、未だ誰ともセックスすることが出来ずにいる。そんなある日、中学時代に憧れ、想いを寄せていた花吹雪先輩——櫻木と再会する。櫻木がおいかけていた事件をきっかけに、二人は同居することになるが…。人気作「忘れないでいてくれ」スピンオフ登場！

LYNX ROMANCE

初《はつ》恋《こい》のソルフェージュ

桐嶋リッカ　illust. 古澤エノ

898円
（本体価格855円）

長い間、従兄の尚梧に片想いをし続けている凛は、この初恋は叶わないと思いながらも諦めきれずにいた。しかし、尚梧から突然告白され、嬉しさと驚きで泣いてしまった凛は、そのまま一週間、ともに過ごすことになった。激しい情交に溺れる日々の中、「尚梧に遊ばれている」だけだと彼の友人に凛は告げられる。それでも好きな想いは変わらなかった凛は、関係が終わるまで尚梧の傍にいようと決心し…。

LYNX ROMANCE

眠《ねむ》り姫《ひめ》とチョコレート

佐倉朱里　illust. 青山十三

898円
（本体価格855円）

バー・チェネレントラを経営している長身でハンサムな優しい男・黒田剛は、店で繰り広げられる恋の行方をいつでも温かく見守り、時にはキューピッドにもなってきた。そんな黒田だが、その実、素はオネエ言葉な乙女男子だった。恋はしたいけれど、こんな男らしい自分が受け身の恋なんて出来るはずがないと諦めている。しかしある日、バーの厨房で働くシェフの関口から突然口説かれて…。

LYNX ROMANCE

理《り》事《じ》長《ちょう》様《さま》の子《こ》羊《ひつじ》レシピ

名倉和希　illust.高峰顕

898円
（本体価格855円）

奨学金で大学に通っている優貴は、理事長である滝沢に対して恩を感じていた。それだけでなく、その魅力的な容姿と圧倒的な存在感に憧れ、尊敬の念さえ抱いていた。めでたく二十歳を迎えた優貴は、突然滝沢から呼び出されて、食事をご馳走になる。酒を飲んだ優貴は突然睡魔に襲われてしまう。目覚めると、裸にされ滝沢の愛撫を受けていた優貴は、滝沢の家に住み、いつでも身体の相手をすることを約束させられ…。

LYNX ROMANCE

アメジストの甘《あま》い誘惑《ゆうわく》

宮本れん　illust. Ciel

898円
(本体価格855円)

大学生の暁は、ふとした偶然で親善大使として来日していたヴァルニーニ王国の第二王子・レオナルドと出会う。華やかで気品あるレオに圧倒されつつも、気さくな人柄に触れ、彼のことをもっと知りたいと思いはじめる暁。一方レオナルドも、身分を知っても変わらず接してくれる素直な暁を愛おしく思うようになる。次第に惹かれあっていくものの、立場の違いから想いを打ち明け合うことが出来ずにいた二人は…。

LYNX ROMANCEx

極《ごく》道《どう》ハニー

名倉和希　illust. 基井颯乃

898円
(本体価格855円)

父親が会長を務める月伸会の傍系・熊坂組を引き継いだ猛。可愛らしく育ってしまった猛は、幼い頃、熊坂家に引き取られた兄のような存在の里見に恋心を抱いていた。組員たちから世話を焼かれ、里見にシノギを融通してもらってなんとか組を回していた猛。しかしある日、新入りの組員が突然姿を消してしまった。必死に探す猛の元に、消息を調べたという里見がやって来て「知りたければ、自分の言うことを聞け」と告げてきて…。

LYNX ROMANCE

ブラザー×セクスアリス

篠崎一夜　illust. 香坂透

898円
(本体価格855円)

全寮制の男子校に通う真面目な高校生・仁科吉祥は、弟の関係に悩んでいた。狂犬と評され、吉祥以外の人間に関心を示さない彌勒と、兄弟でありながら肉体関係を結んでしまったのだ。弟の体しか知らず、何も分からないまま淫らな行為をされることに戸惑う吉祥は、性的無知を彌勒に揶揄われ、兄としての自尊心を傷つけられる。弟にされるやり方が本当に正しい性交方法なのか、DVDを参考にしようと試みる吉祥だが…。

LYNX ROMANCE

銀《ぎん》の雫《しずく》の降《ふ》る都《みやこ》

かわい有美子　illust. 葛西リカコ

898円
(本体価格855円)

レーモスよりエイドレア辺境地に赴任しているカレル。三十歳前後の見た目に反し、実年齢は百歳を超えるカレルだが、レーモス人が四、五百年は生きる中、病気のため治療を受け続けながら残り少ない余命を淡々と過ごしていた。そんなある日、内陸部の市場で剣闘士として売られていた少年を気まぐれで買い取る。ユーリスと名前を与え、教育や作法を躾けるが、次第に成長し、全身で自分を求めてくる彼に対し徐々に愛情が芽生え…。

この本を読んでの
ご意見・ご感想を
お寄せ下さい。

〒151-0051
東京都渋谷区千駄ヶ谷4-9-7
(株)幻冬舎コミックス　リンクス編集部
「葵居《あおい》ゆゆ先生」係／「青井《あおい》 秋《あき》先生」係

リンクス ロマンス

狼だけどいいですか？

2013年6月30日　第1刷発行

著者……………葵居《あおい》ゆゆ
発行人…………伊藤嘉彦
発行元…………株式会社　幻冬舎コミックス
〒151-0051　東京都渋谷区千駄ヶ谷4-9-7
TEL 03-5411-6431（編集）
発売元…………株式会社　幻冬舎
〒151-0051　東京都渋谷区千駄ヶ谷4-9-7
TEL 03-5411-6222（営業）
振替00120-8-767643
印刷・製本所…共同印刷株式会社
検印廃止

ISBN978-4-344-82860-5 C0293
Printed in Japan

幻冬舎コミックスホームページ　http://www.gentosha-comics.net

本作品はフィクションです。実在の人物・団体・事件などには関係ありません。